## COLLECTION III

III pour trois souvenirs.

Les pages qui suivent renferment trois récits inspirés de moments marquants dans la vie de l'auteur. Peut-être s'y glisse-t-il une part d'invention. Peut-être pas.

## Du même auteur

ROMANS, RÉCITS, CONTES
*Portrait-robot de ma furie*, Québec Amérique, 2020.
*L'abri le plus sûr*, Bayard, 2019.
*L'éclat de ma transparence*, Les Malins, 2019.
*Je t'aime beaucoup cependant*, Leméac, 2018.
*Le dernier qui sort éteint la lumière*, Québec Amérique, 2017.
*Le précieux plâtre de Samuel*, Bayard, 2017.
*Moi aussi j'aime les hommes*, Stanké, 2017.
*Géolocaliser l'amour*, Ta Mère, 2016.
*L'enfant mascara*, Leméac, 2016.
*Les 11 ans fulgurants de Pierre-Henri Dumouchel*, Bayard, 2016.
*Paysage aux néons*, Leméac, 2015.
*Edgar Paillettes*, Québec Amérique, 2014.
*La tempête est bonne*, Les Malins, 2014.
*Le premier qui rira*, Leméac, 2014 ; Nomades, 2019.
*Jeanne Moreau a le sourire à l'envers*, Leméac, 2013.
*Les monstres en dessous*, Québec Amérique, 2013.
*Javotte*, Leméac, 2012 ; Nomades, 2015.
*Martine à la plage*, La Mèche, 2012.
*Les Jérémiades*, Éditions Sémaphore, 2009.

THÉÂTRE
*Ta maison brûle*, Ta Mère, 2019.
*Tu dois avoir si froid*, Lansman, 2017.
*Edgar Paillettes*, Lansman, 2015.
*Peroxyde*, Leméac, 2014.
*PIG*, Leméac, 2014.
*Danser a capella : monologues dynamiques*, Ta Mère, 2012.
*Éric n'est pas beau*, École des Loisirs, 2011.
*Qu'est-ce qui reste de Marie-Stella ?*, Dramaturges Éditeurs, 2009.

POÉSIE
*Nous sommes phosphorescents*, Poètes de brousse, 2019.
*Les garçons courent plus vite*, La courte échelle, 2015.
*Procès-verbal*, Poètes de brousse, 2015.
*La sueur des airs climatisés*, Poètes de brousse, 2013.
*Nancy croit qu'on lui prépare une fête*, Poètes de brousse, 2011.
*Saigner des dents*, Écrits des Forges, 2009.

ALBUMS POUR ENFANTS ET BANDES DESSINÉES
*Les enfants à colorier*, Fonfon, 2020.
*Je vais à la gloire*, Québec Amérique, 2020.
*Au beau débarras, La mitaine perdue*, Québec Amérique, 2019.
*La gardienne de musée*, Éditions de la Bagnole, 2018.
*La maison sonore*, Québec Amérique, 2018.
*Le pelleteur de nuages*, La courte échelle, 2018.
*Mon cœur pédale*, La Pastèque, 2017.
*Un ami lumineux*, La courte échelle, 2017.
*Florence et Léon*, Québec Amérique, 2016.
*Les règles de Simon*, Fonfon, 2016.
*Les rimes de Simon*, Fonfon, 2016.
*Simon est capable*, Fonfon, 2016.
*Simon la carte de mode*, Fonfon, 2016.
*Plus léger que l'air*, Québec Amérique, 2015.
*Albert 1er, le roi des rots*, Éditions de la Bagnole, 2014.
*Un verger dans le ventre*, La courte échelle, 2013 ; Grasset, 2014.

# Pleurer au fond des mascottes

**Projet dirigé par Danielle Laurin, directrice littéraire**

Conception graphique : Nathalie Caron
Mise en pages : Nicolas Ménard
Révision linguistique : Flore Boucher
En couverture : Gracieuseté de l'auteur

Québec Amérique
7240, rue Saint-Hubert
Montréal (Québec) Canada  H2R 2N1
Téléphone : 514 499-3000, télécopieur : 514 499-3010

Nous reconnaissons l'aide financière du gouvernement du Canada.

Nous remercions le Conseil des arts du Canada de son soutien.
*We acknowledge the support of the Canada Council for the Arts.*

Nous tenons également à remercier la SODEC pour son appui financier.
Gouvernement du Québec – Programme de crédit d'impôt pour l'édition de livres – Gestion SODEC.

**Catalogage avant publication de Bibliothèque et Archives nationales du Québec et Bibliothèque et Archives Canada**

Titre : Pleurer au fond des mascottes / Simon Boulerice.
Noms : Boulerice, Simon, auteur.
Identifiants : Canadiana (livre imprimé) 20200083791 |
Canadiana (livre numérique) 20200083805 |
ISBN 9782764442159 | ISBN 9782764442166 (PDF) |
ISBN 9782764442173 (EPUB)
Classification : LCC PS8603.O9377 P54 2020 | CDD C843/.6—dc23

Dépôt légal, Bibliothèque et Archives nationales du Québec, 2020
Dépôt légal, Bibliothèque et Archives du Canada, 2020

Tous droits de traduction, de reproduction et d'adaptation réservés

© Éditions Québec Amérique inc., 2020.
quebec-amerique.com

Réimpression : octobre 2020

Imprimé au Canada

SIMON BOULERICE

# Pleurer au fond des mascottes

Québec Amérique

*À la mémoire de Catherine Bégin et
de Johanne Fontaine, deux inoubliables
passeuses de passion*

## Citations

*Le théâtre est comme un chaudron dont le contenu est en ébullition : il est beaucoup plus intéressant de montrer le couvercle qui tressaute que le contenu lui-même.*

Robert Lepage

*Il faut se travestir pour vivre : se travestir pour survivre, pour exister ; on ne peut jamais être soi-même, il faut toujours changer sa personnalité pour vivre dans une société.*

Josée Yvon

12

## PLEURER

*pas moyen de me déprendre
des lambeaux d'enfance
calcinés
fusionnés aux nerfs*

        Mario Cyr, *le bain des oiseaux*

*C'est aussi à travers le regard tendre de
certaines personnes
que j'apprends, lentement, à faire la paix
avec l'enfant triste qui m'habite encore.*

Catherine Voyer-Léger, *Désordre et désirs*

14

J'ai toujours été aimanté par l'obscurité. Enfant, je fuyais les piscines publiques compactées de jeunes baigneurs, leur aura radioactive de chlore et d'urine. Je me plantais dans l'ombre des arbres pour me protéger des coups de soleil et des éclats de rire. Les camps de jour bons à s'enduire de crème solaire Coppertone me procuraient des haut-le-cœur; je désirais des averses pour faire du bricolage sous les néons défectueux de la salle Neptune du centre communautaire. Je me tenais à l'écart de l'haleine au *coconut* des peaux Hawaiian Tropic, roussies par le soleil. Des corps brûlants comme des carrosseries de voitures qui brillent et reflètent un incendie.

— Bouboule, tu viens pas te baigner avec nous autres? dit un enfant plutôt gentil.

— Laisse-le faire. On s'en fout de Bouboule. Tu veux-tu vraiment voir ses bourrelets? ajoute un autre un peu moins gentil.

Non, Bouboule va rester seul et garder son tee-shirt, en retrait. Je ne suis pas des vôtres. Je l'ai bien compris.

Enfant sauvage, né pour la pénombre; voilà, c'est moi.

*Simon, tu es un être ensoleillé.*
*Simon, tu es radieux.*
*Simon, tu arrives dans une flaque de lumière.*

D'où me viennent ces nouveaux jugements infondés ? Non : je suis les ténèbres ambulantes.

Boum *(bis, mais pas pour moi)*
Boum a chica boum *(bis, mais pas pour moi)*
Boum a chica ouaca chica ouaca chica boum
*(bis, mais pas pour moi)*
En han *(bis, mais pas pour moi)*
Oh yeah *(bis, mais pas pour moi)*
Encore *(bis, mais pas pour moi)*
Plus fort ! *(bis, mais pas pour moi)*

Les chansons à répondre mouraient sur mes lèvres. Je me déplaçais tranquillement dans les cohortes d'enfants en congé. Mes gestes ont toujours eu la lenteur des exercices d'évacuation où rien n'est grave. Électron libre perdu derrière, ankylosé par la chaleur. La solitude me gouvernera toujours. Où est Simon ? Il marche à l'ombre, en retrait du monde.

« Simon, Barbotine aimerait ça que tu restes avec le troupeau. »

Étonnée, Barbotine répertoriait la magnitude de ma sauvagerie. Quel enfant souriant et simultanément hors d'atteinte, tout de même. Barbotine savait-elle un peu à quel point un sourire est un écran plus opaque que toutes les nauséabondes crèmes solaires ? Quelle chance, que ce sourire. Ma joie en surface me protégeait, et me protège toujours.

Il y avait certainement aussi de la candeur dans ce sourire. L'innocence ne me contournait pas ; je croyais dur comme fer que le concierge tenu de déverrouiller les portes des locaux du centre communautaire avait un *marqueur de la paix* embusqué dans le thorax. On lui avait donc greffé un senseur pour détecter la paix ambiante. Je croyais son cœur capable de scanner la méchanceté et, naturellement, je me plaçais derrière lui. Le concierge souriant faisait office de bouclier. Ce n'est que quelques années plus tard que j'ai compris que l'orthographe du mot «*pacemaker*» – stimulateur cardiaque – ne relevait pas du signe de *peace* que je brandissais comme une trêve devant le danger de l'autre. Mes doigts en V : mon drapeau blanc dans le champ de bataille de mon enfance, et les prémices de mon amour violent pour l'émission *The Voice*.

— Simon, tu chantes pas ?

— J'aime pas trop les chansons à répondre. Je préfère chanter du Milli Vanilli ou du France D'Amour.

Dans un anglais curieux et fantaisiste, je chantais *Girl You Know It's True*, ou encore plus souvent, à l'ombre des enfants en fleurs, je restituais ma version de *Solitaire*, et c'est moi qui irradiais le plus fort.

> *Et on se dit qu'on se rappelle*
> *De nos îles artificielles*
> *Solitaire*
> *Quelque part dans l'univers*
> *Éloignée pour mieux rêver*

C'est moi qui rêvais le plus haut.

...

« Non, mais quel enfant souriant ! »

Ce sourire est quoi, sinon un paravent derrière lequel je me change sans qu'on ne voie rien ? Sans que ma nudité soit révélée ?

Une protection, donc. Mais une politesse aussi. *Il est plus poli d'être heureux*, écrit le bien-aimé Rachid O., le Hervé Guibert marocain.

Très tôt, je suis ébloui par le sourire de Sœur Angèle, l'idole de ma grand-maman. Janine voue un culte à ses recettes ; moi, à sa bienveillance. Nous regardons religieusement chacune de ses apparitions télé. *La Fourchette d'or* à TQS est un rendez-vous béni. Avec sa calligraphie aussi florale que scolaire, ma grand-mère note des ingrédients dans son calepin, alors que moi, j'enregistre l'expression rieuse de mon Italienne préférée. Son sourire dégage une bonté inédite qui me fascine. Son amplitude m'atteint, comme son rire qui se mêle à son chant de soprano. Ce sentiment de promiscuité est rare : le sourire de la religieuse transcende l'écran et me contamine. Je le comprends déjà : un sourire sincère invite invariablement à sourire.

Je reproduis naturellement le sourire de Sœur Angèle. Mon mimétisme a du génie. Mes yeux plissent dans une forme de joie, des fossettes réorchestrent mes joues. Ce sourire va me protéger à jamais. Car bien honnêtement, qui voudrait du mal à Sœur Angèle ?

...

En 1992, alors que je suis retenu pour faire partie des chanteurs de Crescendo, la chorale que dirige Cécile Ste-Marie, le film *Sister Act* paraît en VHS. Je préfère encore plus la traduction québécoise du titre, qui a de la swing : *Rock'n nonne*. Je le regarderai en boucle l'année de mes dix ans.

L'exquise Whoopi Goldberg y joue Dolores Van Cartier, une chanteuse de cabaret qui fuit sa vie et son monde après avoir été témoin d'un meurtre crapuleux. Pour la protéger des assassins, un lieutenant zélé la cloître dans un couvent. La mère supérieure, la seule à être dans le secret des dieux, l'affuble d'un patronyme crédible : sœur Marie-Clarence. Bientôt, la fausse religieuse est appelée à diriger la chorale de la congrégation, où les notes discordantes sont légion. Mais Dolores parvient à calibrer les voix et à insuffler un vent de fraîcheur à l'ensemble vocal.

Je me projette parmi les disciples de Whoopi Goldberg, me greffe aux autres religieuses. Je suis un enfant soprano qui se blottit dans la chaleur de la toge de sœur Marie-Patrick (jouée par la pétillante Kathy Najimy) et qui crée des harmonies réussies sur *I Will Follow Him* et *My Guy (My God)*. Je convoque magiquement Sœur Angèle pour qu'elle ajoute, elle aussi, sa voix. Ça sourit, ça chante, ça danse, ça joue, ça s'amuse. Notre chœur est radieux.

Quand, au sein de Crescendo, à l'église de Saint-Rémi, je cale ma voix parmi celles des autres enfants en chantant *Si tu entends* ou *Comme Lui*, j'ai l'impression de participer à quelque chose de grand, mais qui n'a tout de même pas l'ampleur de ma congrégation fantasmée.

Je voudrais être un enfant gospel, porté par une joie divine. Je le voudrais de toutes mes forces.

...

« Sœur Angèle » ressemble à un patronyme religieux, mais c'est un nom évolutif. Un *work in progress*, comme toutes les identités humaines, au fond. Le véritable nom de la religieuse née en Italie est Ginetta Rizzardo. Lors d'une émission de radio, elle révèle avoir commencé à cuisiner à l'âge de douze ans au café Bramezza en Vénétie, où elle a grandi. Les employés et les clients, trouvant le nom «Ginetta» trop long, amputent quelques lettres et la rebaptisent «Gina». Au cœur des années 1950, alors qu'elle n'a que seize ans, elle part pour le continent américain. Cap sur Halifax, où les anglophones revampent «Gina» en «Angie». À Montréal, on accoutre la sœur du nom d'«Angèle», qui inspire l'élévation et la bienveillance. Déformation heureuse qui la pousse à dire: «Je suis venue au monde trois ou quatre fois, moi! J'ai laissé aller! Sœur Angèle, c'est ma destinée! Je prends une minute à la fois, pas plus. Pis je prends pas ça à cœur, je prends ça à l'heure.»

Puis, elle éclate de rire. Un rire triomphant, souverain.

...

J'ai souvenir d'un exposé oral sur ma grand-maman Janine. J'y parlais tout du long de notre amour commun pour – apprécions l'effort – *Sorangèle*. À l'époque, je prononce et écris ce nom ainsi (j'ai furtivement la nostalgie de cette époque où j'écrivais au son).

En cinquième année, mon supplice s'incarne dans les projets d'exposés oraux. Prendre parole devant mes camarades est contre nature pour moi. Recevoir autant d'attention, être plongé dans la lumière de la sorte, c'est un contresens. En amont, j'apprends mes textes par cœur et au moment crucial, au bord de l'apoplexie et des tragédies scolaires, je les récite avec un entrain factice. Ça séduit mes professeurs; il y a quelque chose dans mon élan qui évoque la sincérité. Je roule tout mon public dans la farine en me fabriquant un ton guilleret et récolte des « A » dans mon bulletin. Mes résultats scolaires confirment qu'il y a là un talent : je suis un arnaqueur. Je mime la joie et l'aisance comme nul autre ne peut le faire.

Germe en moi l'idée paradoxale de devenir chanteur, ou peut-être aussi comédien. Je crois avoir alors une voix juste et – je me risque – mélodieuse.

Dans la cour de récréation, des garçons prétendent lire dans les lignes de la main et je choisis de croire à toutes magies possibles. J'offre ma main à tous avec ferveur pour des épousailles de cinq minutes.

— Que vais-je devenir, Patrick ? Que lis-tu de moi ?

— Arrête donc de bouger, une tite minute.

— Je vais-tu devenir chanteur ou comédien ?

— Ni l'un ni l'autre.

— Comment ça ?

— Tu vas jamais être capable d'apprendre un texte par cœur.

Comment Patrick a pu être si près de la vérité ? De 2003 à 2007, je ferai une école de théâtre professionnelle, et apprendre un texte s'avérera pour moi la croix et la bannière. Ça le demeurera toute ma vie. Toute ma vie, j'aurai la nostalgie de mes exposés oraux appris si rapidement, presque paresseusement. Je regretterai cette mémoire en forme d'éponge, ce disque vierge capable de stocker tout le matériel à ravissement.

À onze ans, néanmoins, j'ai décidé que je ferais mentir Patrick. J'allais chanter et jouer. J'allais me déplacer au centre de la lumière, moi enfant de la pénombre. Je me massais les paumes, espérant chambouler l'ordre de mes lignes, en modifier les arcs, réorchestrer mon avenir, prolonger ma vie et la tirer vers la scène.

J'aboutirai finalement dans une mascotte : ma vraie nature ténébreuse.

...

J'ai grandi dans le club vidéo de mes parents et j'ai regardé chacun des films policiers de la première moitié des années 1990 en leur compagnie. Par conséquent, je sais qu'on ne peut pas falsifier ses empreintes digitales à moins de se brûler les doigts. Je me suis donc tenu les mains à plat sur des voitures rutilantes en plein soleil pour faire fondre mes dermatoglyphes. Mieux : pour que la lumière, avec la fulgurance de l'éclair, me rentre dans le corps et que je court-circuite mon avenir de régisseur, perpétuellement en coulisses, infiniment hors cadre.

Je me voyais comme le héros du film *L'Enfant du tonnerre*, l'albinos doté de pouvoirs paranormaux qui quitte la cave qu'il occupait depuis quinze ans. Je désirais émerger de ma pénombre.

...

1995. Nicole Houde remporte le prix du Gouverneur général pour son somptueux roman *Les Oiseaux de Saint-John Perse*, que je lirai bien des années plus tard. J'ai alors treize ans et suis encore loin de la littérature plus nichée, collé à mes téléromans, mes VHS et mes romans de La courte échelle. Aurais-je déjà aimé et saisi les mots de Houde ? *Nous disposons d'abris d'une seule syllabe lorsque nous cherchons ce qu'il y a de plus important au monde, la nuit, le jour, la vie, la mort, notre corps, notre temps. Ce qui est véritablement important ne dure qu'une seconde sur nos lèvres tandis que le monde s'avance vers nous, débordant de cette indifférence qui se prépare à avaler notre souffle et notre visage.*

Ma chambre est peinte en vert forêt et c'est une erreur que je regretterai tout au long de mon adolescence – c'était pourtant si beau sur les murs d'une de mes tantes, dans le hall de sa maison à Magog. Il y a une branche d'arbre touffu qui se repose contre ma fenêtre, créant des ombres angoissantes sur le plancher; ma maison est le tuteur de notre érable dont le feuillage se prend pour du lierre. Ma chambre boit toute l'obscurité du monde. Je suis le Petit Poucet perdu en forêt. Et puis, il y a le vent. *Toc toc.* Il y a quelqu'un ? La branche vient me faire de faux espoirs contre les vitres.

J'ai envie de lumière dans mon coqueron sombre, alors tous mes accessoires sont jaune soleil. Je voudrais masquer le vert avec des affiches des cousins Brian Littrell et Kevin Richardson torse nu, mais je n'ose pas; je colle des photos agrandies de Whitney Houston et de Lara Fabian. Mes rideaux jaunes, ma literie jaune, mes chanteuses ensoleillées, c'est du remplissage, des diversions. Je passe mes soirées dans la pénombre, les yeux tournés vers *Beverly Hills 90210* et sa série dérivée *Place Melrose* sur ma petite télé à deux pieds de mon lit – je me magasine une myopie sévère. Mais pour l'heure, ma vision est impeccable. J'ai envie de faire l'amour avec chacun des comédiens de mes deux téléromans : Ian Ziering, Brian Austin Green, Andrew Shue, Thomas Calabro, mais surtout Grant Show. La nuit, le jour, la vie, la mort, mon temps, tout m'indiffère; mon corps, lui, me désespère. Je voudrais être désiré et connaître une forme de tendresse avec Grant

Show et mes membres préférés des Backstreet Boys dans mon lit simple aux dimensions de bébé ours. Pourrions-nous tenir les quatre, cordés serrés ? Kevin et Grant semblent avoir de si longs bras, parfaits pour m'empêcher de tomber sur la marqueterie.

— Kevin, tes cheveux me font tellement penser à ceux de Grant. Dans le fond, vous avez plus l'air de cousins, Grant et toi, que Brian et toi.

— It's possible.

— It's more than possible. It is the truth. Regarde.

Je comparais la texture de leurs cheveux, palpais la carrure de leur mâchoire, déposais des baisers là où je le voulais, au mitan de mes concoctions de dialogues bilingues.

— Brian, tes yeux qui sourient, it's the most beautiful thing I never seen.

— Thanks, Simon.

— You're welcome, Brian.

— Your smile is sexy too.

Je rougissais dans mon obscurité verte. Ça donnait des couleurs complémentaires dont j'étais le seul à profiter.

...

Le théâtre entre dans ma vie par accident.

Secondaire 1. Il n'y a plus de Bouboule qui tienne : j'ai perdu tant de poids cet été-là que je me crois à l'abri de toutes méchancetés. J'apprendrai rapidement que j'avais tort.

Nous pouvons choisir nos deux cours d'options artistiques parmi arts plastiques, musique et art dramatique. Je choisis spontanément les arts plastiques ; je dessine partout. J'ai tellement bricolé dans mon enfance que mon haleine conserve des relents de papier construction et de colle blanche. Maintenant, à douze ans, je peins essentiellement des portraits à l'acrylique avec une ferveur rare, langue sortie. Je commence même à pratiquer la peinture à l'huile ; les manches de mes vieux chandails Point Zéro sentent la térébenthine. Vincent van Gogh est mon idole et je m'attelle à incarner son prolongement en adhérant à l'impressionnisme. J'étale ma peinture par à-coups, par juxtapositions de couleurs. Les petites touches fabriquent un tout, lorsqu'elles impliquent une vue d'ensemble. De près, c'est dépareillé et chaotique, de loin, tout prend forme. Comme ici, avec mes bribes de souvenirs constituant des semblants de chapitre.

Il reste un second cours à choisir : musique ou art dramatique. Si je chante autant que je dessine, mes souvenirs de flûte à bec sont un gâchis auditif. Mes doigts n'ont aucune agilité ni précision – je ne bouche jamais hermétiquement les trous – et je ne sais pas doser mon souffle. Je donne trop ou trop peu. Je choisis art dramatique par défaut, par dépit, par déduction.

Le théâtre me tombe dessus comme si j'étais habillé sous une douche d'eau chaude : c'est réconfortant et lourd à porter à la fois. Lors d'une improvisation, je constate que mon jeu suscite un intérêt de mes pairs, des rires de mon enseignante. Dans ma classe, il y a Mélissa, une élève lumineuse que j'aime et exècre à la fois ; je désire briller plus qu'elle. Elle incarne rapidement ma rivale.

À la fin de l'année, je compare mes résultats dans les deux matières : 97 % de moyenne en arts plastiques, 91 % en art dramatique. C'est contre-intuitif, mais j'y vais pour l'excellence scolaire. Je vise la Médaille académique du Gouverneur général au terme de ma formation au secondaire, et faire le cours d'arts plastiques m'assure davantage de mes chances.

De toute façon, dans ma famille, c'est ma cousine Édith la future comédienne. Pas moi. Je me place donc en retrait de son rêve, lui laisse le champ libre. Elle parle souvent de théâtre et, sur les murs de sa chambre, elle accole des affiches de Marilyn Monroe, dont celle où l'Américaine peroxydée se parfume au Chanel N° 5, la bretelle de sa robe tombante, un doigt effleurant la zone douce entre ses clavicules. Actrice sensuelle, s'il en est. Édith a laminé son *poster* et j'y vois une forme de respect pour cette artiste pétillante dont je n'ai alors vu aucun film, mais qui m'inspire de belles choses. Édith m'apparaît si rigoureuse ; lorsqu'elle lit le plus récent *Filles d'aujourd'hui*, elle le fait d'un couvert à l'autre. Aucun article n'est laissé pour compte. Sa curiosité ratisse le moindre encadré. Moi, j'escamote, je saute allègrement des passages, je lis en superficie, sans jamais m'abandonner au vortex. Je m'attarde aux photos et je me réjouis de tisser des liens entre la mouche de Marilyn et celle de Cindy Crawford. *Tiens, le grain de beauté de la mannequin est plus près des lèvres que celui de Marilyn, à la lisière de sa joue souriante.*

Dans la bibliothèque de ma cousine irradie un livre d'un auteur russe au nom imprononçable, tracé en lettres rouges. Ma mémoire photographique enregistre quatre syllabes floues et exotiques : Sta-nis-lav-ski.

Des sonorités dépaysantes qui renforcent la crédibilité d'Édith dans ses démarches artistiques. Le titre est sans équivoque : *La formation de l'acteur*. Introduction de Jean Vilar, publié chez Pygmalion Gérard Watelet. Sur la couverture, la photographie d'un acteur intense. Je feuillette le livre en admirant Édith : la ferveur qu'elle ressent à devenir comédienne m'éclabousse. J'ai un pied dans sa lumière et ça me va. Je me vois jouer dans son ombre ; acteur de soutien, valet ou laquais. *Madame, voici votre lettre, je la tiens du compte de Foëhn.*

Avec l'argent de poche que je me fais en travaillant au club vidéo de mes parents ou en gardant Pierre-Luc, le petit gars de six ans de ma voisine madame Veilleux, je commence à m'acheter des pièces de théâtre. J'ai une passion pour Racine, car son nom me fait sourire. Je lis plein de tirades de *Phèdre*. Je prends un certain temps à ingérer l'idée que le personnage éponyme est une femme. Je ne possède pas les codes de la tragédie, encore moins ceux de l'alexandrin. Dans mes heures de gardiennage, Pierre-Luc aime être diverti. Il me demande de le faire rire. Je lui propose de lui réciter des tragédies de Racine plutôt que des blagues. Il accepte. Je lui joue Phèdre, Bérénice, Andromaque, Iphigénie. Je multiplie les reines et les princesses éplorées. Pierre-Luc est toujours très respectueux. Il m'écoute comme si j'étais digne d'intérêt.

Je cherche à m'en convaincre : je suis digne d'intérêt.

...

J'ai grandi dans une ville où il fallait toujours faire bouillir l'eau du robinet avant de la boire. Alors nous buvions du Pepsi. Tenez et buvez-en tous, pauvres gens. Je me gargarisais à la boisson gazeuse alors que les repas Michelina's décongelaient sur les comptoirs, ou que j'éventrais les conserves du Chef Boyardee avec un ouvre-boîtes Starfrit tout rouillé.

Je me tenais déjà loin des fours; ma peur des incendies causés par des pyromanes était enclenchée. Le micro-ondes incarnait l'invention nobélisable par excellence qui me sauverait toute la vie. Une invention supplantant la pénicilline, le détecteur de fumée et le gilet pare-balles.

J'étais seul à la maison. Ma mère travaillait au club vidéo.

Je la revois, cassée en deux, accroupie sur une nappe abandonnée, avec de la peinture rouge sang dans une bombe aérosol. Ma mère pulvérise son hémorragie sur une pancarte en Coroplast. NOUVEAUTÉS. Dix lettres majuscules qu'elle a découpées dans de vieux *posters* de films de série B. Ma mère s'est fait un stencil maison. J'aime la créativité de ma mère. Elle fait tout avec les moyens du bord, et ça deviendra ma maxime de metteur en scène. *Fais le mieux avec le moins.* André Brassard disait que pour faire du théâtre, il ne fallait presque pas d'argent. Je cite de mémoire: «Une enveloppe avec 50 $ en dessous de la table pour t'en tirer en fin de parcours.» Je le crois: des fonds trop importants nuisent à la créativité. Débrouille-toi avec ce que tu as. Je ferai ça toute ma vie: me débrouiller avec mes atouts chambranlants.

NOUVEAUTÉS, écrit en rouge sur le mur. Cette semaine paraît *La Solitude de Simon*, mon petit dernier, sur grand écran. Il sera en location le mois prochain.

...

— Ça va ?

— Ma vie vole haut.

À l'époque, dans ma manière de parler anglais, il y avait une poésie accidentelle qui rappelait celle d'un enfant se dépatouillant avec le langage. Celui qui dit apprendre ses leçons «de tout son cœur» plutôt que «par cœur».

Je gérais mes erreurs sans honte, en souriant avec la fraîcheur de l'enfant s'étant fourvoyé.

Dans ma classe d'anglais, toujours au début de mon passage à l'école secondaire, j'avais pris la parole devant toute la classe : «*For Christmas, I received some silver.*» Mon enseignant avait souri tendrement et m'avait expliqué la distinction entre la devise et le métal. Un peu plus tard, durant cette même année scolaire, j'avais traduit le concept de *colorblind* par : une personne aveuglée par les couleurs, qui désire désespérément voir le monde en noir et blanc. Le daltonisme m'était une anomalie aussi obscure que celle que je venais de créer, dont je croyais la sobre Christiane Charette affligée.

Ma force était du côté des cours de français. Je performais haut et fort, et les piles de livres que j'avalais le soir me solidifiaient, m'éloignant irrémédiablement des poésies accidentelles de mon registre anglophone. Et pourtant, je ne fus pas à l'abri de ma plus fulgurante méprise adolescente.

Je devais être en deuxième secondaire lorsque j'entendis une animatrice télé particulièrement érudite dire «à vau-l'eau». Je me souviens des guillemets qu'elle avait mimés dans l'air, avec ses doigts, comme si elle mettait en exergue son intelligence. Elle nous signalait :

« Attention, je vous livre quelque chose de raffiné, de rare ». J'eus le réflexe présomptueux de m'approprier cette expression singulière, sans en chercher l'orthographe et encore moins la signification. Enlisé dans une forme de paresse intellectuelle qui m'évitait d'ardues et superfétatoires recherches dans le dictionnaire, j'avais sottement déduit qu'« aller à vau-l'eau » était une chose heureuse, un lieu estimé. En grande partie grâce à sa connivence sonore, sa proximité musicale avec « vole haut », « vau-l'eau » m'inspirait un lieu utopique, sans conflit. Un Xanadu, comme le dit l'écrivain américain Theodore Sturgeon.

Je commençai à l'utiliser à toutes les sauces.

— Ça va comment, Simon ?

— Ça va *à vau-l'eau* !

— Super !

Utiliser l'expression de l'animatrice érudite me rendait davantage spécial. J'étais éclaboussé par son savoir et sa verve. Pour signaler à mes amis que ma vie allait bien, je leur disais que ma vie allait *à vau-l'eau*. Tous acceptaient la chose, convaincus des bonnes grâces de ce lieu, tant mon enthousiasme était crédible.

Beaucoup ont sourcillé, mais jamais personne ne m'a repris. Peut-être parce que je me suis gardé de partager l'expression avec un enseignant lettré. Et peut-être aussi mes amis me donnaient-ils raison parce que j'avais toujours le nez dans un livre, et que ma bibliophilie m'immunisait contre les méprises de cette envergure.

Mais rétrospectivement, je considère que j'avais raison ; ma vie allait effectivement à vau-l'eau. Ça n'allait pas. Je me faisais croire que tout roulait à merveille, mais c'était faux. Je disais avec un sourire étincelant que ma vie était en déroute. Je tournais sur moi-même, sans repère. Je courais à ma perte, au milieu des corridors anxiogènes d'une école qui ne m'offrait aucun répit. L'époque était trop permissive et l'intimidation régnait. À ma polyvalente, où la violence verbale résonnait dans chaque recoin, où l'homophobie était tonitruante, aucune oasis. Aucun Xanadu haut en couleur. Qu'un paysage résolument daltonien.

...

Le printemps de mes quinze ans, je commence également à travailler sur l'aménagement paysager de ma voisine Claire Létourneau. Il m'est arrivé de m'exclamer avec beaucoup de sincérité devant la beauté de ses fleurs – par opposition au terrassement moribond de ma mère – et le compliment lui est rentré dans le cœur. Elle me prend comme bras droit pour bonifier ses plates-bandes et obtenir peut-être – c'est son souhait – une mention au concours du plus bel aménagement paysager. Claire m'enseigne à jardiner et j'apprends vite. J'aime son calme, son sourire constant, ses cheveux clairsemés, son parfum d'air climatisé.

Je plante des bulbes de tulipes, je retourne la terre, je retire le chiendent. Mon labour est sensationnel, j'y mets tout mon génie d'acharnement. Je n'ai pas de gants de jardinier, plutôt des gants de chirurgien en latex. Claire Létourneau stocke dans son garage deux boîtes de gants en latex. Quand je vais chez elle, je passe par le garage – elle m'a donné la clef –, j'enfile les gants étonnamment serrés sur mes mains minuscules et je pige parmi les outils suspendus au mur. Claire éclaire mes choix: la pelle-bêche pour remuer la terre en profondeur, la truelle pour y aller moins creux, la sarclette pour sarcler en superficie, le sécateur pour couper des branches ou des tiges, les cisailles pour tailler les haies. Le nom qui me fait sourire à chaque fois est «binette». Claire me dit qu'elle sert à désherber, à ameublir la terre. *Ameublir la terre*: la poésie me fouette comme une liane. Je pense à des meubles perforés à coups de pelle, aérés, ajourés. Je pense à une commode criblée pour filtrer la lumière et les fleurs.

Quand je rentre chez moi, que je retire les gants saillants et les jette à la poubelle, il reste toujours une pellicule de latex sur mes mains poudreuses, à la fois très blanches et très sales. La terre se faufile toujours; j'excelle dans l'art d'entailler mes gants avec les instruments de jardinage. Mes mains sentent longtemps le latex d'une chirurgie qui aurait mal tourné et je ne peux m'arrêter de les renifler des heures durant: pièces à conviction de l'ouvrage accompli. C'est en travaillant la terre que je développe ma première rigueur d'artisan, rigueur que je cultiverai toute ma vie.

Un jour, Claire vante mes services à Louise, une femme aimante au visage buriné par le soleil qui gagne sa vie en faisant des aménagements paysagers pour le concessionnaire GM où travaillait ma mère à une autre époque. Louise m'engage à son tour comme aide-jardinier. Mes heures s'accumulent, mon argent de poche aussi. Je finis par m'acheter de vrais gants en tissu. Je travaille souvent en solo dans une solitude qui me permet de chanter de tout mon soûl. Je plante des fleurs et je chante approximativement du Jewel – j'ai étudié les paroles dans le livret de son CD *Pieces of You*. Quand je chante du fin fond de ma solitude *Who Will Save*

*Your Soul?*, j'ai l'impression d'allumer des lanternes pour moi seul :

> *People living their lives for you on TV*
> *They say they're better than you and you agree*

Ma voix exclusive et mes soins rigoureux accélèrent la croissance de toute végétation que je touche. En râtelant, il m'arrive de faire des mouvements de Michael Jackson avec mes gants de jardinage. (Nous sommes en 1995 et la chanson *Scream* de Michael et Janet Jackson m'obsède, en partie pour le clip en noir et blanc très léché de Mark Romanek, le plus onéreux de l'histoire de la musique. Le même réalisateur donnera le fascinant *Photo Obsession* avec Robin Williams en 2002.)

Je danse, je chante, je joue pour un public végétatif.

Un après-midi, à la mi-juin, Louise m'entend chanter *Foolish Games* a capella et réciter un exposé oral sur le recyclage. Elle me trouve doué. Louise est la *star* des jardins fleuris de Saint-Rémi, une référence absolue dans le domaine horticole. Son réseau de contacts est tentaculaire, il y a des ramifications comme du lierre qui prolifèrent et se juchent jusqu'aux dirigeants de la ville. Elle a pratiquement un pied à l'Hôtel de Ville, elle que je soupçonne d'être responsable des plates-bandes en sa façade. Elle connaît quelqu'un qui se cherche un « acteur svelte et petit » – ce que je suis désormais – pour incarner Didi, la mascotte de la Croix-Rouge, pour le défilé de la Saint-Jean-Baptiste. Les dimensions de la mascotte sont humbles, parfaites pour mon envergure modeste.

J'accepte. On m'expose la cause : depuis 1991, le nombre de personnes qui se noient parce qu'elles ne portent pas de gilet de sauvetage a presque doublé au Canada. Des cent soixante décès attribuables aux incidents nautiques au Canada chaque année, près de 90 % des victimes ne portaient pas leur gilet de sauvetage, appelé aussi vêtement de flottaison individuel (VFI), ou ne le portaient pas correctement. Les gilets de sauvetage sont comme les ceintures de sécurité – ils ne protègent pas si vous ne les portez pas. C'est l'un des messages que Didi, la mascotte de la sécurité aquatique à la Croix-Rouge canadienne, répète lors de ses visites dans les piscines et les événements communautaires d'un bout à l'autre du pays.

J'entame une vie de porte-parole. J'aime le concept, j'aime l'idée d'éveiller les consciences.

...

Sous le très joli titre de recueil *Les Joues en feu*, Raymond Radiguet a publié ses poèmes en 1920 dans un ordre chronologique, le seul qui convenait, selon lui. Il n'aimait pas *cette sorte de colin-maillard auquel des écrivains se livrent avec leurs lecteurs*.

Mais comme Francis Ponge, poète en partie surréaliste, je crois aux fragments. Il affirmait que la *fonction de l'artiste est fort claire : il doit ouvrir un atelier, et y prendre en réparation le monde, par fragments, comme il vient.*

Ma réparation se fera dans le chaos.

Je raconte dans le désordre et c'est parfait ainsi. Les mots de Marguerite Duras (dans *La Passion suspendue*, série d'entretiens offerts à une journaliste italienne) illuminent en amont ce que je vivrai :

*On pense souvent que la vie est chronologiquement scandée par des événements: en réalité, on ignore leur portée. C'est la mémoire qui nous en redonne le sens perdu. Et pourtant, tout ce qui reste visible, dicible, c'est souvent le superflu, l'apparence, la surface de notre expérience. Le reste demeure à l'intérieur, obscur, fort au point de ne même plus pouvoir être évoqué. Plus les choses sont intenses, plus il leur devient difficile d'affleurer dans leur entièreté. Travailler avec la mémoire au sens classique ne m'intéresse pas: il ne s'agit pas d'archives où puiser des données à notre guise. L'acte même d'oublier, de plus, est nécessaire absolument: si 80 % de ce qui nous arrive n'était pas refoulé, vivre serait insoutenable. C'est l'oubli, le vide, la mémoire véritable: celle qui nous permet de ne pas succomber à l'oppression du souvenir, des souffrances aveuglantes et que, heureusement, on a oubliées.*

Je pourrais écrire ça sur mon frigo s'il était assez vaste.

...

Bien des années plus tard, au terme d'une conférence dans sa classe, une petite fille lèvera la main pour me demander le plus sérieusement du monde: «Mais Monsieur Boulerice, quand vous êtes triste, est-ce que vous souriez encore?» Je resterai alors interdit un moment, bouche ouverte, yeux rieurs. Ma réaction annulera les mots qui suivront: «Mais bien sûr. Quand je suis triste, je pleure.»

Pour l'heure, je souris à tout vent. L'enthousiasme – ou du moins la fabrication de l'enthousiasme – est pour moi une respiration. La poète Nicole Brassard parlera de l'enthousiasme comme d'un délire sacré, une émotion précieuse traduisible en *excitation joyeuse*. J'ai quatorze ans et je suis cette excitation joyeuse.

Je dis oui à tout, je participe à tous les concours, je fuis les cours de récréation. Je me protège. Dans la célébrée série *When They See Us*, sur Netflix, un personnage emprisonné à tort pour viol s'enferme dans un cachot pour éviter de se faire poignarder dans la cour. L'isoloir plutôt que les coups. C'était pareil pour moi. N'importe quoi plutôt que la jungle de la cour d'école.

Je participe aux concours d'art oratoire. Ma diction est floue, mais je la pallie avec mon élan. Je n'ai que ça, de l'élan. Je suis un ressort de trampoline vibrant pour le reste des temps. Je mets de l'entrain dans mes mots, quitte à déplacer quelques accents toniques.

La nuit précédant chacun de mes exposés oraux, je suis abonné à l'insomnie. Je conçois des trous de mémoire, des voix défaillantes, le rejet ou le mépris de mon public.

L'année passée, ma sœur Vicky s'est rendue à la finale nationale de la joute du Concours d'art oratoire. Mon père a filmé sa prestation. Je réécoute si souvent la VHS que je connais chaque inflexion de ma sœur. Ses ralentis, ses accélérations, sa fluidité, ses legatos ; j'ai tout ingéré. Je saisis mieux que Vicky sa propre musique.

...

Je me revois dans cette fin d'année scolaire.

Le printemps glissait vers l'été avec son odeur de tondeuse et de gazon fraîchement coupé que je chérissais plus que tout. Ce cocktail de senteurs me plantait dans une sorte de sérénité de courte durée. La tondeuse incarnait une halte dans ma scolarité, mais je me lassais vite des vacances. Ma joie la plus profonde s'orchestrait à mon pupitre, ou en amont, quand j'identifiais chacune de mes fournitures scolaires sur le gros congélateur blanc cassé.

Il faudrait apprendre à décrire cette odeur de chlore et de panique, cet arôme de crème solaire qui a tourné au fiasco. La catastrophe a eu lieu comme un coup de soleil radioactif, brûlant jusqu'à l'âme.

Ç'a crié comme un jet de napalm.

...

Ma mère retournait presque tout au magasin. Elle conservait toutes les factures dans le bureau, près de la souris d'ordinateur. La vie était un emprunt et, à la moindre déception, elle demandait son dû. Me retournerait-elle un jour ? Je voulais son amour éternel.

Elle classait les factures en périphérie du clavier. Il régnait dans la pièce cette particulière odeur de brûlé, d'ordinateur beige de 1995 surchauffé. Peut-être était-ce aussi la cuisson de la poussière tombée dans le calorifère ? Dans ses cahiers à spirale du Dollarama (que nous appelions et appelons toujours Doll*o*rama) dans lesquels elle notait des choses étonnantes, je défrichais ce que je pouvais. Évaluait-elle aussi l'amour qu'elle destinait à son clan ?

Je me faisais croire que mon père recevait 33 % de son amour, ma sœur un autre 33 %, et que le 34 % restant, il me revenait. Le petit supplément, le pourboire du favori, c'est moi qui l'obtenais. J'étais l'élu de sa plus grande portion d'amour, avais-je décidé. Son cœur, je me le figurais, était séparé en compartiments étanches, comme sa vanité qu'elle appelait « ma maquilleuse » ou « ma coiffeuse ». Ma mère rangeait ses cosmétiques achetés au rabais, ses brosses engorgées de cheveux brûlés par le soleil et ses fixatifs dans des tiroirs, et j'imaginais une vraie maquilleuse et une vraie coiffeuse. Ma mère dormait dans sa loge et au matin, elle descendait à la cuisine comme on entre sur un plateau de tournage.

...

Quand je pense à ma mère dans les années 1990, je la conçois souvent en train d'appliquer de l'Antiphlogistine sur les épaules de mon père. C'était écrit inodore sur le tube, et pourtant, moi au nez sans finesse, je sentais le *j'irai-mieux*. C'était précisément ça, cette odeur : j'irai-mieux. Cocktail de Myoflex et de Voltaren. Des gels analgésiques topiques qui promettent d'endormir la douleur, de berner l'inflammation. J'aurais avalé des tubes pour duper mes entrailles de chagrin.

J'irai-mieux. Mon état donnera raison à mon sourire.

...

Mes épaules sont hautes ; elles s'affaisseront éventuellement à force de porter des sacs d'épicerie remplis de cartons de jus et de lait, format 2 litres. Pour l'heure, je n'ai aucune responsabilité, aucune préoccupation financière. Je crois que mes parents roulent sur l'or, avec leur club vidéo prisé par tous mes collègues de classe. « Quoi ? Tu peux emprunter tous les jeux vidéo que tu veux pis tu le fais pas ? »

À la maison, nous mangeons du Dîner Kraft dans notre assiette Esso et nous ne manquons de rien. Il y a toujours du fromage Velveeta dans le frigo que nous coupons avec un couteau spécial. Une tige de métal, du matériel unique pour un fromage que je soupçonne élégant comme un personnage de Thomas Mann.

Fréquemment, j'emprunte *Les Quatre filles du Docteur March* et je suis convaincu que ce film n'a été fabriqué que pour moi. Lorsque le professeur, Friedrich Bhaer, dit à Jo March d'écrire sur elle plutôt que de tout inventer, c'est à moi qu'il parle. Je hoche la tête devant mon écran cathodique. J'ai bien compris le message, Friedrich. Je vais tout révéler de moi. *Sim : un si petit nom pour une si grande personne.* Oh, je vous en prie, Friedrich. Ne dites pas ce genre de folie. Je suis bien ordinaire, au fond.

Après, quand la cassette rembobine dans le magnétoscope, chaque fois, c'est l'exact son du deuil.

...

Écrire « roman » pour qualifier mes autobiographies sera toujours une habile forme de protection.

...

Je me souviens de deux cadeaux de Noël qui m'ont bonifié : une encyclopédie sur Vincent van Gogh et un stroboscope.

Vincent van Gogh a illuminé ma vie. C'est le premier artiste que j'ai connu. Ma mère avait une reproduction bon marché de ses *Tournesols* (œuvre sur fond bleu peinte en août 1888). J'ai été brièvement convaincu que nous avions l'original à la maison, et donc que nous étions substantiellement riches. À tort, hélas.

Mon plus beau cadeau de Noël, je l'ai reçu à dix ans : une encyclopédie sur le peintre hollandais, devenue mon livre de chevet. J'y ai glané des perles, tant dans les mots que sur les toiles. Notamment cette observation inclusive : *Trouve beau tout ce que tu peux*, écrite dans une lettre à son frère Théo, devenue depuis une sorte de mantra.

J'ai aussi débusqué la valeur marchande de *Tournesols*, œuvre s'inscrivant dans une série éponyme que Van Gogh avait conçue à la base pour décorer la chambre à coucher de son ami, le peintre Paul Gauguin. En 1987, près de cent ans après sa réalisation, un magnat japonais de l'assurance, Yasuo Goto, a acheté l'un des sept tableaux pour la modique somme de 40,8 millions d'euros. Un record à l'époque. Une indécence pour Jean Ferrat, *fan* du peintre, qui a écrit en 1991 *Les Tournesols*, une chanson dans laquelle il dénonce l'écart entre la vie de misère de Vincent van Gogh, n'ayant jamais vendu un seul tableau de son vivant, et ce luxe post-mortem. Les paroles de Ferrat sont bien tournées :

> *Dans ce monde aux valeurs croulantes*
> *Vincent ma fleur mon bel oiseau*
> *Te voilà donc Eldorado*
> *De la bourgeoisie triomphante*
> *Te voilà star du Top cinquante*
> *Te voilà branché comme il faut*
> *C'est dans ta gueule hallucinante*
> *Qu'ils ont placé leurs capitaux*
>
> *Mais dans un coffre climatisé*
> *Au pays du Soleil-Levant*

> *Tes tournesols à l'air penché*
> *Dorment dans leur prison d'argent*
> *Leurs têtes à jamais figées*
> *Ne verront plus les soirs d'errance*
> *Le soleil fauve se coucher*
> *Sur la campagne de Provence*

En tous les cas, par émulation, j'ai commencé à faire des œuvres impressionnistes, près du pointillisme, où la somme des coups de pinceau façonne un tout. Une juxtaposition de touches en pleine danse, la mouvance rare des couleurs, capturant le vent perpétuel sifflant à son oreille. Ma cousine Édith, treize ans à l'époque, a été bien claire : « Maman dit que pour apprécier ce genre d'œuvres, il faut se reculer. Regarder de trop près, décortiquer, c'est contraire à la philosophie impressionniste. On vise toujours la vue d'ensemble. » Ma manière d'écrire a été le prolongement de cette consigne : je révèle une série d'activités, d'anecdotes et d'observations qui prennent sens dans leur juxtaposition, qui prennent forme dans le recul que le lecteur veut bien effectuer.

...

Depuis, si j'ai visité Amsterdam, c'est d'abord pour le musée de Van Gogh. Aussi, quand j'entends parler en décembre 2019 d'*Imagine Van Gogh*, une exposition immersive à l'Arsenal, centre d'art contemporain dans la Petite-Bourgogne, à quinze minutes de marche de chez moi, je me rue avec excitation. C'est la soirée d'ouverture. Je suis en coton ouaté, tant du bas que du haut, et on me propulse contre mon gré sur le tapis rouge pour me photographier. Je souris, éternellement *underdress*, sous-habillé, oui, résolument dénué d'orgueil.

Je rejoins ensuite les autres visiteurs dans une salle spacieuse où les murs, le plancher et les paravents sont parcourus de projections géantes des œuvres de mon cher peintre néerlandais. Pendant une vingtaine de minutes, une musique classique sert d'écrin à cette salle avalée de couleurs et de mouvements. Zoom sur les touches de pinceaux, désolé Édith. Tout est grossi, décortiqué. L'œuvre d'Annabelle Mauger et de Julien Baron s'inspire du concept «d'image totale» conçu par Albert Plécy. C'est réussi, mais trop flamboyant et immersif pour moi. J'aime admirer des œuvres en retrait. J'aime courtiser l'art dans une posture plus modeste. Alors je finis par sortir de la salle, pour errer dans l'Arsenal.

C'est au détour de cette visite que je tombe sur le travail de Mat Chivers, un artiste britannique. Son expo, *Migrations*, est composée de trois éléments: un important ensemble sculptural, une vidéo, mais surtout, une série de diptyques de dessins, qui me fascinent tout spécialement.

Je découvre que l'artiste a appris à dessiner avec sa main gauche autant qu'avec sa main droite pour ces diptyques d'oiseaux. Le titre réfère à la migration de la conscience. *Migration des informations à travers la matière, mais également aux processus qui font passer d'un niveau de conscience à un autre.*

...

En deuxième année du primaire, en pleine récréation du dîner, je me fracture le bras en tentant une prouesse mineure aux barres de singe, échelle dangereuse, parallèle au sol. Sous la structure, pas de sable: que du béton. Je perds connaissance et me réveille seul à la cafétéria. Un grand moment de solitude et de douleur: *Mais qu'est-ce que je fais ici? Pourquoi mon bras m'élance autant?*

Je sors de l'école, totalement perdu. Je croise une surveillante du dîner. « J'ai mal au poignet, je voudrais aller au CLSC. » Elle refuse. Je dois convaincre, gémir, beurrer épais, appeler ma mère en renfort, qui, elle, croit à ma douleur. À la clinique, on me fait des radiographies qui révèlent la fracture d'un os. On me plâtre le bras, ce qui me rend précieux. À l'école, je deviens la coqueluche de ma classe. Tout le monde veut autographier mon plâtre, y dessiner un chat ou un fruit.

Je dois apprendre à écrire de la main gauche. Je ne reconnais pas ma calligraphie. On dirait une forme d'ébriété cérébrale.

Qui est le vrai Simon? Celui qui contrôle tout, dont chaque lettre est harmonieuse? Ou l'autre d'où jaillit le chaos?

...

Un jour, dans un musée français, je me faufile dans un groupe de visite guidée. J'entends une guide présenter une des toiles *Les Tournesols* en précisant que Van Gogh avait capturé toute la vie dans ce vase: « Ces tournesols, à différents stades de leur vie, sont des représentations humaines. Il y a des fleurs à naître, en bouton, d'autres pleinement épanouies, d'autres fanées, en graines... Vincent parle ici de naissance, d'enfance, d'adolescence, de la vie adulte, de la vieillesse, et de la mort qui est tout au bout. »

Je n'avais jamais vu ça sous cet angle-là.

Mais peut-être aussi que oui.

...

Depuis toujours, j'aime me placer devant le miroir et braquer ma lampe de poche tout autour de mon visage, pour le transformer. La lumière qui se heurte à mes arcades sourcilières crée des ombres théâtrales qui revampent totalement mes émotions. Elle était donc là, l'extrême gravité de mon regard ?

Je suis plus cruel que je me pense.

...

Chez RadioShack, mon père m'a acheté un stroboscope pour magnifier mes chorégraphies sur *Dance mix '94*. Au sous-sol, j'ai l'impression que le stroboscope lit sous ma peau, scanne tout ce que je ne soupçonne pas de moi. Quand je danse devant le miroir, l'effet stroboscopique me fragmente. Je suis multiple, je suis plusieurs personnes à la fois. Je suis possédé par des doubles et doublures, tour à tour bienveillants et malveillants. Il y a quelque chose d'irrémédiablement radioactif chez moi. Je me plante devant la glace et j'analyse ma multiplicité.

À la télé, après avoir fait rire toute ma famille, Yvon Deschamps se met à pleurer en chantant *Aimons-nous* au mitan de son monologue. Tout ce que je vois à présent, c'est sa complétude. Yvon est un humain achevé, capable de rire de ses blagues et de pleurer de ses chansons. Quand je serai adulte, je veux faire le grand écart entre la joie et le chagrin. Je veux que tous les duplicata qui me peuplent se révèlent aux yeux de tous, comme si un stroboscope m'éclairait en permanence.

...

Qu'est-il advenu de mon stroboscope ? Que reste-t-il de *Dance mix '94* ?

Est-ce qu'un nouvel enfant de douze ans se fragmente encore aujourd'hui pour se décrypter ?

...

Une des lectures qui m'a fait le plus grand bien dans ma vie est *Toutes celles que j'étais*, d'Abla Farhoud.

J'ai déjà la trentaine et je suis en plein cœur d'une tournée de théâtre jeunesse en France qui m'alanguit. J'ai le mal de mon pays, la nostalgie de mon chez-moi.

L'écrivaine, immigrante venue du Liban alors qu'elle était toute jeune, raconte dans son roman à saveur autofictionnelle à quel point le théâtre a permis à son personnage, Aablè, de s'ancrer ici, de prendre racine dans le sol québécois. Abla, ex-comédienne, écrit : *J'aimais croire et faire croire*.

Puis : *J'ai trouvé ma niche, ma maison, ma terre, mon théâtre. Un lieu où j'aurais toutes les raisons d'être montrée du doigt, pas parce que j'étais une étrangère, mais parce que mon personnage était beau, qu'il pouvait toucher et émouvoir. Sur ces planches porteuses où tant de gens avant moi avaient eu le trac et l'avaient surmonté, j'étais protégée. J'avais le droit d'exister.*

Elle termine ce passage en écrivant : *J'étais tout ce que je désirais être*. Merci, Abla.

Jamais, je le crois, n'ai-je voulu le beurre, l'argent du beurre et le cul de la crémière. Par contre, je désirerai éternellement *être* le beurre et *être* l'argent. Mais surtout : être une paysanne aux jupons déchirés et aux avant-bras massifs, forts d'avoir tant remué de crème.

...

Apprendre un texte, sauf si je l'ai écrit, est une torture, oui. Je préfère danser au sous-sol que d'apprendre du texte. Je suis un intellectuel bien trop corporel.

Je suis l'intellectuel le plus sensuel de la rue Poupart.

À l'école, Méo, Geneviève, Annie, Suzanne, Mélanie, Noémie, Marc-André et moi décidons de monter une pièce. Je le crois : il y a un dramaturge en moi. J'écris un texte cousu main pour notre troupe qui raconte l'histoire d'une pendaison de crémaillère en famille qui tourne mal. Le titre de la pièce est mauvais comme son contenu : *Entrez, party!* Sans surprise, la troupe est incertaine. On jette donc notre dévolu sur du répertoire. Peut-être pour me remercier de leur avoir inutilement écrit une pièce sur mesure, mes collègues me proposent le rôle-titre.

Je joue le personnage éponyme dans *Bousille et les justes*, pièce proposée par nos profs de français, Serge Boucher et Janique Lepage. Bousille est un personnage doux, pur et innocent, qui doit claudiquer dans chacune de ses scènes. *Je suis un corporel, alors ça ira*, que je me fais croire.

J'ai un exemplaire acheté à *De la cave au grenier*, un endroit embaumé de naphtaline où les vieux livres se vendent un dollar à peine. Dans ma bibliothèque éclectique, au-dessus de mon bureau, j'ai classé la pièce de Gratien Gélinas entre une bande dessinée de *Boule et Bill* et une pièce d'Albert Camus intitulée *Les Justes*. Je perçois de *Bousille et les justes* un croisement parfait entre l'absurde de l'auteur de *L'étranger* et le gamin rouquin en salopette, ami d'un cocker anglais, créé par Roba. Instinctivement, je n'ai pas tout à fait tort.

C'est un livre ancien qui s'effrite, pratiquement. Les pages ont été taillées au coupe-papier et ça m'émeut de toucher la tranche de gouttière irrégulière. Il me faut apprendre ce texte. Alors je m'attelle. Je le relis constamment, mais mon cerveau est une passoire. Mes répliques, à défaut de me rentrer dans la tête, me rentrent dans le cœur.

J'achète mon costume dans un sous-sol d'église. Je trouve une chemise étroite et carreautée, digne des années 1950, et un pantalon plissé, taille 26. Mes os de bassin sont des trophées pointus; j'ai vomi toute l'année mes repas du souper pour avoir une maigreur étincelante sur scène. C'est fini, vous ne m'appellerez plus jamais Bouboule. Je l'ignore alors, mais Jean Roba, en écrivant et dessinant ses *Boule et Bill*, s'est inspiré de Philippe, son fils rondouillet qu'on surnommait lui aussi Bouboule.

...

Je suis adolescent et je n'ai pas le mépris facile. J'essaie, mais ça ne vient pas. Au fond de moi, je me sens assez souple pour aimer à la fois le groupe Green Day et la chanteuse Marie Carmen. L'un n'exclut en rien l'autre. Je vois des complémentarités, et je me sens prodigieusement complexe.

Je décide de m'éloigner de toute condescendance. Je désire embrasser l'entièreté des propositions culturelles et attendre avant de poser un jugement.

Gratien Gélinas décède en mars 1999, au moment où on enchaîne *Bousille et les justes*. Son amour du théâtre populaire, la noblesse que cela évoque chez lui résonnent en moi.

Quelques années plus tôt, en 1993, Victor-Lévy Beaulieu publiait chez Stanké un livre d'entretiens avec Gélinas, qui revient sur ses cinquante ans de théâtre, de 1937 à 1987. Le père de Fridolin confie son amour pour Marcel Pagnol, dont il a retenu la manière de faire rire dans les situations dramatiques. Mais surtout, il y a un passage où il tient des mots éclairants et inclusifs : *Travaille pour les tiens, tu n'auras pas perdu ta vie. Écris pour l'homme de ton pays, de ta ville, de ta rue. Si tu écris pour lui, il viendra, cet homme oublié de ta rue, s'asseoir devant ton œuvre, et les mains posées sur les genoux, il rira et pleurera. Et il n'aura point envie de s'en aller, car, comme jamais jusque-là, il se verra tel qu'il est lui-même.*

Voilà, tout est dit.

...

La représentation a lieu en juin 1999. Madame Létourneau, madame Veilleux et madame Ste-Marie, mes trois voisines, sont aux premières loges pour m'applaudir à la salle communautaire. La pièce est un succès et mon jeu est salué, même si mon boitement est finalement boiteux.

La grand-mère de Méo vient me dire : « T'es aussi bon que Ti-Coune ! » Je ne sais pas qui est ce Ti-Coune, mais je souris, reconnaissant. C'est déjà mon mantra : *quand tu ne sais pas, souris.*

J'ignore alors que je passerai ma vie à ne pas savoir.

...

Une semaine après avoir « brillé sur scène » (les mots sont prononcés par les trois spectatrices venues me voir après la représentation) dans *Bousille et les justes*, je me masque le corps d'un immense gilet de sauvetage. Je passe de Bousille à Didi. Les noms de bouffons sont pour moi. Ti-Coune pour l'éternité.

Je sillonne les rues de Saint-Rémi. Le départ se fait depuis le stationnement du Tigre Géant, se conclura dans celui de la bibliothèque, coin Saint-Sauveur et Saint-Viateur. Je suis heureux de partir au Tigre; depuis que ce commerce s'est ouvert à Saint-Rémi, j'ai l'impression que ma ville est devenue importante. J'ai l'impression que c'est un pas vers une forme d'autonomie.

Je parcours les rues en mimant la joie et, sans doute par mimétisme, la joie me contamine pour vrai. Celui que je perçois comme le plus beau gars de ma classe, Ian Chainey, est là, au coin de la rue, avec toute sa tribu Chainey. Il porte une camisole qui célèbre ses pectoraux. Il m'ouvre ses bras fermes, m'accueille – le geste est universel. Je m'y jette éperdument. La caresse est fulgurante; c'est surtout pour faire rire sa fratrie. Je n'arrête pas de me répéter en boucle: Ian Chainey m'a pris dans ses bras. Ian Chainey m'a pris dans ses bras. Ian Chainey m'a pris dans ses bras.

Ian est beau comme un membre des Backstreet Boys, la voix en moins. Il a une musculature digne des acteurs de *Place Melrose*. Je l'ai déjà vu torse nu dans le vestiaire et je ne m'en suis jamais remis.

Et il est gentil en plus. Le matin où, dans la cour de récré, son ami Gérardo m'écrase un gâteau Vachon sur la tête, pour rire gratuitement de moi, Ian est à ses côtés, parmi ses disciples. Sa bouche forme un O de surprise. L'affront n'était sans doute pas prémédité. Se conformant à son clan, Ian finit par rigoler, mais je vois qu'il n'endosse pas le geste de son ami. La preuve, une fois Gérardo parti, Ian époussette vitement une de mes épaules des miettes de chocolat avant de le rejoindre. Il est clairement désolé.

Ce jour-là, avant que la prof d'arts plastiques me désigne l'immense lavabo de son local pour me laver les cheveux avec du savon à main, j'aurais voulu que quelqu'un me serre dans ses bras.

Aujourd'hui, j'obtiens réparation.

Mais ce n'est pas moi que Ian prend dans ses bras. C'est le concept de la mascotte. C'est un câlin ironique à l'amusement, à la gaieté. D'ailleurs, sait-il seulement qui se trouve dans le costume de Didi?

Je me fais penser à toutes ces actrices qui donnent leur premier baiser sur un plateau de tournage. C'est la première caresse signifiante de mon existence, et je la vis dans la peau de quelqu'un d'autre.

...

La mascotte reçoit toujours beaucoup d'amour, et par conséquent beaucoup de haine aussi. Dans un reportage à l'émission *Des jours et des hommes*, en mars 1971, Noël Moisan, le premier comédien à personnifier le Bonhomme Carnaval, affirme qu'on a déjà écrit dans le journal que Bonhomme était l'homme le plus embrassé au Canada français. Une gloire dont il était très fier, lui qui a enfilé le costume pendant quatorze ans.

Il raconte aussi que la tête de Bonhomme devait être repeinte chaque semaine à cause des traces de rouge à lèvres laissées sur cette tête qui, à l'époque, était en plâtre.

Rien à voir avec le rouge trouvé sur l'encolure des chemises de maris infidèles. La femme de Noël Moisan devait sourire, étrangère à toute jalousie. Elle devait se dire : « Ce n'est pas mon mari qu'on embrasse. C'est son armure de plâtre. »

Qu'est-ce qui nous pousse à nous blottir dans la chaleur de la mascotte, l'ancêtre des hommes-sandwichs *Free Hugs* ? Un besoin de consolation impossible à rassasier ? Une aire de repos ? Une enfance attirée par les peluches qui se prolonge inlassablement ?

Je trouve des pistes de réponses en lisant Hélène Dorion : *Rien ne se comprend sans enlacement.*

Je désire encore tout comprendre.

...

Ian avait besoin d'une bouée et s'est amarré à moi. Je sens ses bras partout sur mon costume démesuré. Chaque accolade vient pervertir le souvenir des bras de Ian autour de ma veste de sauvetage.

Je suis le cortège, mais ma tête est ailleurs. Mon regard cherche l'angle des rues Boyer et Notre-Dame. Je suis parqué dans la cour des Chainey pour l'éternité.

Nous aboutissons dans ma propre rue. Ça chahute, ça festoie. « Vive le Québec ! Vive la Saint-Jean ! » Poupart entière me célèbre, mais seules quelques personnes savent qui se trouve sous la grosse veste de sauvetage. Tous me regardent, sans vraiment me voir, moi. J'aime cette sensation de regarder où je l'entends.

Un troupeau, là pour moi, sur notre terrain un peu jauni. La trinité de femmes aux beaux aménagements paysagers.

La pelouse est toujours plus verte que chez les Boulerice.

...

Ma joie a toujours eu quelque chose de rétractable. Elle se replie sur elle-même avec la vélocité du ruban à mesurer ayant accompli sa tâche, avec la fulgurance du rideau de scène à effet kabuki à l'ouverture du second spectacle de Céline Dion à Las Vegas, lors du premier refrain d'*Open Arms*. Ce tulle aspiré en un tournemain, c'est ma joie qui s'avale par le drain de ma bouche.

Irrémédiablement, ma joie se dégonfle ; il y a un clou qui perfore la chambre d'air de mon euphorie.

Je passe du rire aux larmes avec la célérité d'un prestidigitateur. Mes émotions ont quelque chose de magique.

...

Le kabuki, en plus d'être un art théâtral japonais multiséculaire, est aussi un système de lâcher de rideau immensément rapide. Ses fulgurantes chutes de rideau m'ont toujours ému. Un moment, on ne voit rien, et l'instant d'après, tout est à découvert. Peu importe la révélation, ça me rentre dans le cœur à chaque fois.

Février 2020. Je suis invité à interpréter une chanson dans le volet « Karaoqui » de l'émission *La semaine des 4 Julie*. Il s'agit d'un karaoké voilé. Le karaokiste est appelé à pousser la note et l'humiliation derrière un rideau, tandis que les invités sur le plateau doivent trouver son identité. Pour éviter le silence radio, des indices sont fournis.

À la répétition, le réalisateur m'explique que le rideau va tomber en un tournemain, dès que je serai nommé. Je suis fier de lui révéler mon amour du procédé : « J'adore les *bukkake*. » Ma soudaine dyslexie est compromettante : je viens d'affirmer aimer cette pratique sexuelle de groupe qui consiste à éjaculer à tour de rôle sur une personne.

Le réalisateur sourit sobrement ; moi, niaisement. Il me donne mon *cue*. J'entame *I Wanna Dance*, de Whitney Houston. Je me débrouille modestement. De l'intérieur, j'atteins toutes les notes, mais il y a longtemps que je ne fais plus confiance à mon oreille. Je sais bien que ma force de *showman*, c'est dans le visuel. Quand j'en mets *plein la vue*, quand je remplis le vide, convaincu que ma seule présence est insuffisante.

Là, mon entrain, mes aptitudes en danse, ma souplesse et mon enjouement sont tous voilés, donc caducs. Il ne me reste qu'une voix nasillarde et des trémolos bancals : une risible audition à *The Voice* où aucun juge n'ose se retourner.

La répétition se termine. On m'applaudit poliment. Je me dis : *j'essaierai d'atteindre mieux les notes ce soir.*

Vient le show en direct, puis ma prestation en fin d'émission. « Quelle personnalité se trouve derrière le rideau ? » demande l'animatrice. Les invités sont embêtés. Envisagent-ils seulement une personnalité mineure, à la renommée municipale ? Quelqu'un essaie « France Castel ? » et cette méprise me ravit. Les indices surgissent : « Jeunesse », puis « Simon est capable », et finalement « SB ». J'arrive au terme de ma performance quand un humoriste propose mon nom. Le rideau chute en une fraction de seconde – kabuki réussi. Je l'enjambe moins gracieusement que je me l'imagine, et sur le dernier vers – *With somebody who loves me* – je fais un grand battement pour tenter de charmer le public.

Mon petit podium pour chanter est joint à l'aire des entrevues via un tapis roulant. Je dois le traverser pour me rendre à l'animatrice. Me cherchant une forme de dignité, je fais une *split* sur le tapis qui m'amène lentement à Julie Snyder.

Julie m'applaudit: «Mais t'es donc ben bon!» Elle me dit après l'enregistrement que je suis le premier à inaugurer le tapis en *split*. Je me gargarise d'unicité jusqu'à ce qu'une grand-mère *faussement tendre* m'écrive sur Facebook pour me dire: «Toi, tu veux trop attirer l'attention sur toi. Apprends l'humilité, jeune homme.»

Si elle savait toute l'humilité qui circule sous mon costume de joie.

...

Oui, il en faut de l'humilité pour disparaître sous une mascotte en sachant bien que tout l'amour reçu ne nous revient pas réellement à nous, mais à notre pelure.

J'avance impérial dans ma tenue géante de veste de sauvetage. Je souris au fond de ma mascotte. Didi fait même des roues dans les rues; ma gymnastique sur *Dance mix '94* aura donc servi à quelque chose.

À travers le tulle, je remarque mes parents, entourés de la trinité de dames aux parterres fleuris. Même monsieur Veilleux est là, flanqué de sa femme. Pour la première fois, je remarque que mon voisin a des airs de John Travolta dans *Pulp Fiction*, avec sa fossette au menton et sa chevelure qui allie favoris fournis et coupe longue. On dirait que j'éprouve du désir pour tous les hommes, maintenant que je vois tout sans être vu.

Didi fait des pitreries dans Saint-Rémi. Cette parade sous la peau d'une grosse veste de sauvetage est ma dernière activité publique dans ma ville natale. Dans deux mois, je la quitterai pour Montréal. J'entamerai alors mes études en *Arts et Lettres*, profil Lettres au cégep de Saint-Laurent. Le Saint-Rémois (si peu *serré*, si peu embrassé) deviendra un simple Montréalais.

Mais avant, il me reste à remonter la rue Notre-Dame, pour saluer mon monde une dernière fois. *Au revoir, tous. C'est Simon dans le fond de cette mascotte. Simon Boulerice, alias le gros Bouboule, devenu maigre à force de mal-être. Je quitte cette ville qui ne m'a jamais totalement rendu heureux. Alors au revoir.*

...

C'est plus tard que je l'apprends, à la fin du défilé de la Saint-Jean, alors que la fête se déshabille dans le stationnement de la bibliothèque : madame Veilleux aurait poussé un cri d'enfantement. Elle a pourtant fait le contraire d'accoucher ; elle aurait *possiblement perdu son enfant*. Ce sont les mots qui se rendent à moi. *Possiblement perdu*. Pierre-Luc ne portait pas sa veste de flottaison, ni de flotteurs. Il s'est noyé durant le dernier mille du défilé, alors que la plupart des parents et leur progéniture se tenaient en haie d'honneur sur la rue Poupart pour scander leur fierté québécoise.

Le petit Pierre-Luc Veilleux, mon tout premier public, celui qui souriait en m'écoutant jouer Phèdre ou d'autres mesdames intenses, serait dans une ambulance, en route pour l'hôpital.

Je retire ma veste de sauvetage et tous confondent mes larmes et ma sueur.

— Tu pleures ou tu as eu chaud ?

Je l'ignore.

57

58

## AU FOND

*Je suis un mensonge qui dit toujours
la vérité.*

Jean Cocteau

Je suis un désert qui monologue, *m'a
écrit un jour Violette Leduc.*

*Et quiconque nous parle du fond de
sa solitude nous parle de nous.*

Simone de Beauvoir

*Sous ce masque, un autre masque.*

*Je n'en finirai pas de soulever tous
ces visages.*

Claude Cahun

Je bifurque.

J'étais en études littéraires, et très heureux de l'être, je me tricotais des courtepointes de laine en écoutant mes professeurs de littérature indienne contemporaine, de littérature brésilienne, de littérature sud-américaine, je dévorais les livres avec appétit, un marqueur bleu dans les mains, sur le qui-vive, prêt à débusquer la beauté et à la surligner, et voici que je glisse vers *Critique et dramaturgie*. À l'époque, l'UQAM offre ce programme qui m'attire, qui fera office de transition entre la littérature et le théâtre.

Je me tiens avec les étudiants en jeu. Je les trouve drôles et j'ai envie d'être diverti. Parfois, je nous regarde de l'extérieur et je me dis : j'appartiens à cette heureuse caste de saltimbanques. Mais je me sais imposteur. Je suis un intellectuel doué pour la spontanéité.

Via une étudiante en jeu, je me trouve un contrat de clown dans les Loblaw. On me remet une pompe à ballons et on me montre comment fabriquer un lapin, puisque mon premier contrat est pour célébrer Pâques. Rapidement, je deviens habile, je saisis les proportions pour torsader le ballon duquel émergeront des oreilles, un visage, deux pattes, un tronc, deux autres pattes, puis une petite queue.

Mon premier contrat se déroulera dans une épicerie anglophone. Je précise que mon anglais est un fiasco, mais on m'assure que de dire «*Happy Easter!*» aux enfants comblera les attentes.

Un clown d'expérience, Pompon, plus dodu que rieur, vient nous expliquer comment se créer un personnage. Il a fait une razzia au Village des Valeurs. Il déverse les vêtements de seconde main au centre de la cafétéria des employés du Loblaw et nous invite à piger dans le tas pour nous concocter un costume. Pour peu, je me sentirais membre de la troupe du Théâtre du Soleil, docile disciple d'Ariane Mnouchkine.

Je sélectionne une blouse blanche, un veston de femme ligné bleu et jaune, dont la coupe a été volée aux années 1980, une salopette rouge et un chapeau melon de la même couleur. Pompon salue mes choix, passe sa main dans ma longue chevelure frisée, tire sur une de mes bouclettes en souriant niaisement : «Ça, c'est parfait!» – et s'extasie sur mon nez. «C'est très rond, ça, mes amis! T'as déjà un nez de clown!»

Il me propose un maquillage et m'invite à le jazzer. «Mais surtout, il te faut un nom. Tu vas t'appeler comment, mon petit?»

— Freluquot?

Je propose ce nom pour le faire sourire sans me douter que je le porterai pendant les deux ans que dureront mes contrats de clown.

...

Mon sentiment de représenter une imposture dans le monde théâtral durera longtemps. Il s'estompera seulement vers la fin de ma formation et, encore là, perdurera pendant mes premières années *professionnelles.*

Je comprends intimement Fabrice Morvan et Robert Pilatus au tournant des années 1990. Leur groupe, Milli Vanilli – organisation spécialisée dans le *playback* sur des voix autres – avait le vent dans les voiles.

Morvan disait en entrevue que recevoir des prix, des American Music Awards ou des Grammys, c'était grisant, mais qu'en les touchant, il pouvait percevoir le tic-tac de la bombe dans le mécanisme du trophée. Tout explosera. Tout se saura.

C'est une phrase que je m'explique mal, mais que je me suis souvent répétée. *Simon, tout se saura.* Mais que sera-t-il révélé au juste ?

J'étais partie prenante d'une supercherie, d'une éclatante mystification, dont je ne connaissais rien aux tenants et aboutissants.

Nu dans une mascarade, me voici.

...

J'ai toujours eu une passion pour le mot « mascarade », dérivé du mot « masque », « mascara » – un de mes romans ne s'intitule-t-il pas *L'enfant mascara* ? Le terme « mascarade » peut être vu comme une manifestation festive, un carnaval masqué, parodique. Il désigne également le déguisement lui-même, et s'avère un synonyme par extension d'accoutrement extravagant. Au figuré, il réfère à un comportement hypocrite. On parle donc de *situation dérisoire* et de *mise en scène fallacieuse.* D'un simulacre, donc.

...

2002. Je vis depuis un an avec deux de mes cousines que j'admire : Eve et Édith. Après des années d'adolescence à se moquer de moi, les voici enfin charmées par mon humour. J'ai peur qu'elles changent d'idée, qu'elles constatent la brièveté de ma vivacité d'esprit. À mes yeux, elles réinventent les mots « pétillement » et « talent ». Ces deux sœurs, jumelées à la plus jeune, Marilou, je les ai longtemps vues comme une incarnation contemporaine des *Quatre filles du Docteur March*. Quatuor amputé d'une sœur, mais inspirant depuis toujours. D'ailleurs, l'aînée, Eve, a quelque chose de Winona Ryder, celle qui jouait Jo dans la version de Gillian Armstrong, parue en 1994. *Eve, un si petit nom pour une si grande personne.*

J'ai beau me sentir tout petit quand je regarde les deux plus vieilles du trio, je me vois néanmoins comme leur jonction parfaite. Eve termine son bac en études littéraires à l'UdeM, alors qu'Édith prépare ses auditions pour les écoles de théâtre. Pour se faire de l'argent, elle travaille chez Excalibor, une boutique de vêtements et de produits médiévaux – dits haut de gamme – dans le Vieux-Port de Montréal. Elle passe ses journées dans une robe d'époque, corsetée ou presque, à simuler le ravissement et l'approbation quand des clients lui disent : « C'est pour un mariage à thématique médiévale. Ça va être assez exceptionnel, merci. »

Édith a un rabais sur les masques de commedia en latex fabriqués par Atelier Pirate, alors on s'en achète plusieurs. Sur les murs de notre appartement de l'avenue d'Orléans, des masques suspendus trahissent notre volonté théâtrale. Nous sommes de ce genre-là, oui, comme ces apprentis-acteurs qui se tatouent des *Jean qui rit, Jean qui pleure* à la naissance des reins, et qui le regrettent amèrement sitôt leur carrière entamée.

Pour la préparation de ses auditions, Édith retient les services de Ginette Morin, actrice élégante qui jouait dans *Le Sorcier* et *Sous un ciel variable*. C'est elle qui va la coacher cette année.

C'est sa troisième année d'audition. Édith n'abdique pas et, après des années à présenter des scènes exigeant une effusion de larmes ou une rythmique effrénée à la Goldoni, choisit d'y aller avec simplicité. Elle retient des scènes qui la touchent, sans se préoccuper à outrance du concept restrictif *une scène comique, une dramatique, une en français normatif, l'autre en québécois*. Elle opte pour *Les caprices de Marianne*, de Musset, et *La terre est trop courte, Violette Leduc*, de Jovette Marchessault, pièce adaptée de *La Bâtarde* de Leduc, œuvre autofictionnelle qui deviendra l'un des livres phares de ma vie.

Rien d'étonnant : Simone de Beauvoir disait de Violette Leduc qu'elle peignait *des paysages tourmentés qui ressemblent à ceux de Van Gogh*. « Les arbres ont leur crise de désespoir. » Elle disait aussi que Violette *démasque les tragédies, les farces qui se cachent sous des apparences banales.*

Violette la lucide : *Plaire, se plaire. Le double esclavage.* Violette éperdue d'amour et de caresses : *si je pouvais refaire mon enfance, je la referais dans la poche d'un kangourou.* Violette qui aurait pu gonfler des ballons dans des Loblaws : *mon cœur est un poussin dans une fourrure de lapin.*

...

Édith me réclame pour jouer sa réplique. Je personnifie Christian, puis surtout Maurice Sachs, qui me rentre en plein cœur. J'aime jouer cette scène avec Édith. La gare est là, le chahut des passants, je l'entends, le train qui rentre à quai, le grincement des rails. Ginette est ravie de notre jeu. Elle parle de sincérité. Un jour, elle hoche la tête en me regardant : « Mais Simon, toi, tu ne veux pas faire tes auditions ? » Je souris de gêne. J'en meurs d'envie, mais ce rêve appartient à Édith, et à elle seule. C'est elle, la comédienne de la famille, pas moi. Je ne veux surtout pas empiéter sur ses rêves.

Mais Ginette ajoute ces mots : « Tu as le plus grand don pour jouer : la justesse. »

Alors, je possède la justesse ? Ginette ne parle pas de flamboyance, d'éclat, de théâtralité. Elle parle humblement de justesse. Je me donne le droit de rêver et, du bout des lèvres, à la fin de la répétition, je demande à Édith si elle serait heurtée si je passais à mon tour mes auditions dans les écoles de théâtre.

— Ben voyons ! Tu fais ce qui te plaît, Coco.

— Pour vrai ? Pis… T'accepterais-tu de me donner la réplique ?

— Ben oui !

...

Si je fais un effort d'honnêteté, je crois que le désir d'être comédien surgit en 2000. J'ai tout juste dix-huit ans. J'attrape une pièce en tournée au titre intrigant : *Je suis une mouette (non ce n'est pas ça)*. Le texte, comme la mise en scène, est de Serge Denoncourt, d'après une pièce de Tchekhov que j'adore. Je m'y rends sans me douter de ce que j'y vivrai.

Pour la première fois, en tant que spectateur, j'ai l'impression d'être dans les coulisses du théâtre, de me retrouver sur la scène avec les artistes. Je ne suis pas devant eux, je suis *parmi* eux. Denoncourt offre un spectacle qui flirte avec un atelier de travail. En amont jusqu'en aval, on revit tout : l'appel du metteur en scène qui boucle sa distribution, les discussions et les débats en salle de répétition et le produit final. Les acteurs, Annick Bergeron, Denis Bernard, Luc Bourgeois, Jean-François Casabonne, Suzanne Clément et Monique Miller, jouent tous leur propre rôle, en plus de jouer Nina, Trigorine, Tréplev et autres personnages de *La Mouette*. Les comédiens commentent les actions et les répliques de leur personnage, et ces allers-retours me galvanisent. Je trouve ça brillant et inédit.

Une prestation s'imprime particulièrement dans ma mémoire : celle d'Annick Bergeron. Je ne l'ai encore jamais vue. Sa tirade en tant qu'Annick, en parallèle de son rôle (la noire Macha jalouse de la blanche Nina), m'habite toujours :

*Quand j'étais petite, j'ai entendu mes parents parler de moi un soir où ils ont dit combien j'étais laide. Là, instantanément, ma vie a changé. Ta propre mère parle de ça une soirée de temps, je m'en rappellerai toujours. J'étais à la puberté, ça tombait mal. Ce soir-là j'ai décidé très clairement que : O.K., j'allais être laide, mais j'allais devenir très intelligente. Alors j'allais devenir un genre de Marguerite Yourcenar ou de Marguerite Duras : pas ben belle, mais qui écrit des romans écœurants...*

Je sors de là totalement bouleversé. Je rentre chez moi transformé. J'entre dans la chambre de ma coloc sans cogner.

— Je veux faire vivre à d'autres ce qu'Annick Bergeron m'a fait vivre ce soir.

— Oh! Donc tu veux devenir comédien, finalement?

— J'imagine…?

...

Un jour, Ginette Morin me demande de me terrer un moment dans sa salle de bain, alors qu'elle profite de mon absence pour cacher une figurine de Youppi! dans son appartement. Elle m'appelle avec sa voix gracieuse : «Tu peux venir, Simon. Édith et moi, nous allons t'observer chercher la figurine.»

Je fais le fanfaron aux aguets. Je remplis le vide en parlant, en nommant chacune de mes actions. «Serait-elle là? Eh non. Peut-être ici? Ben non, misère. Elle s'est bien cachée, cette maudite-là!»

Je trouve finalement la figurine orange dans le pot d'une plante. Je crie de fierté.

Ginette sourit avec ravissement, puis me demande de refaire la même chose, tout en sachant dès le départ que la figurine se trouve dans le pot. «Fais comme si tu ignorais où elle se trouvait. Recrée ton étonnement.»

Pris au dépourvu, je tente de retrouver ma fraîcheur. Je reproduis au mieux de mes capacités ma curiosité, feins mon embêtement et mon amusement. «Serait-elle là? Eh non. Peut-être ici? Ben non, misère. Elle s'est bien cachée, cette maudite-là!»

Ma sincérité en prend un coup.

...

En 1978, alors que la passion pour le cosmos bat son plein, on crée une mascotte spatiale appelée Souki pour soutenir l'équipe des Expos. Malheureusement, elle épouvante les enfants, tant le balancement de ses proportions est inquiétant. On la change pour une doudoune plus colorée, douce et animale. On la baptise d'un nom aussi festif que sa tournure : Youppi!. Une mascotte qui comporte en soi un point d'exclamation.

Youppi! apparaît en 1979 et devient rapidement un symbole ludique et turbulent.

Claude Hubert personnifie Youppi! de 1985 à 1995. Le 23 août 1989, la partie entre les Expos et les Dodgers semble interminable. Ils en sont à la 11$^e$ manche. Youppi! revêt pour l'occasion un pyjama, un bonnet de nuit et se munit d'un coussin. Son message est clair, et il le fait savoir de manière flamboyante, avec ses pitreries d'usage. Mais ses facéties déplaisent tant à l'entraîneur des Dodgers qu'on le renvoie du terrain. Youppi! devient donc la première mascotte expulsée d'un match de baseball.

Ce n'est toutefois pas le seul exploit de la peluche orange. En septembre 2004, les Expos quittent le stade olympique et déménagent à Washington. Ils deviennent les Nationals. Youppi! se retrouve au chômage. Mais un an plus tard, le 18 octobre 2005, sa popularité est tellement intacte qu'on offre à la mascotte de divertir les partisans du Canadiens de Montréal au Centre Bell. Youppi! devient coup sur coup la première mascotte qui aura fait retentir sa joie de vivre pour deux ligues de sport professionnelles, et la première à s'unir aux Habs en quatre-vingt-seize ans d'histoire.

...

Pendant mon année en *Critique et dramaturgie*, je me lie d'amitié avec plusieurs futurs comédiens dans le programme de *Jeu*. Julie, étudiante ludique, fait partie de mes nouvelles amies. Au détour d'une discussion, elle me parle de sa coach d'audition, Graziella Mossa. Elle a coaché également Estelle, prise à l'École nationale, dont l'énergie m'attire beaucoup aussi. Graziella me semble une valeur sûre : je la contacte puis la rencontre.

Nous cherchons des scènes. J'envisage longuement *Quartett*, de Heiner Müller (cet auteur est l'une de mes obsessions à l'époque), mais j'arrête mon choix sur *Being at Home with Claude*, de René-Daniel Dubois. Je dois donc prendre une réplique masculine pour cette scène. Un collègue de classe accepte, mais finit par me faire faux bond. Mathieu Quesnel, l'ami de mon amie Katy, accepte de me donner la réplique.

Pour ma scène comique, après avoir lorgné l'univers de Georges Feydeau, je me tourne vers un autre Georges, Courteline, mais cette fois, sous les bons conseils d'une autre coach, Maya Gobeil, celle-là même avec qui je prends des cours de commedia dell'arte les mardis soirs. Rétrospectivement, la saynète *La peur des coups* représente tout ce que je n'aime pas : des personnages trop typés, genrés à l'excès.

Ne passons pas ça sous silence : les premiers cours de théâtre que je me paie, en sortant tout juste du cégep, sont ceux de jeu masqué. D'emblée, Maya perçoit en moi l'énergie effervescente d'Arlequin. Je m'installe un masque de valet niais au visage, agrémenté d'une verrue rouge au front. Je transforme ma voix, je me déplace genoux fléchis. J'efface ma complexité et me mets un sourire au visage, constant comme un graffiti indélébile. Arlequin est un grand enfant, et c'est ce qu'on perçoit de moi. Mené par son estomac vide, le serviteur de Pantalon a un instinct qui tient de l'animal. Amoureux de Colombine, il est doué pour les quiproquos. Se mettre les pieds dans les plats est une respiration pour lui.

Maya dirige quelques spectacles que nous jouons devant un public renouvelé. Cette année-là, pour la première fois, j'obtiens un salaire de comédien. Cachet modeste, s'il en est, il symbolise néanmoins le début de quelque chose pour moi. Et si je gagnais ma vie en jouant? Le jeune ado ému par Racine se retrouve à faire des pantomimes, des mimiques clownesques, et surtout des lazzis infinis, ces gags visuels et délirants qui occultent totalement le texte. Ma flexibilité et mon agilité sont un atout, je réponds prestement aux commandes de la metteuse en scène.

C'est Maya qui me propose *La peur des coups*. Au début, l'argument me fait rire: un mari, aussi couard que jaloux, rentre d'une soirée avec sa femme. S'ensuit une scène de ménage, puisqu'il n'accepte pas que d'autres hommes fassent la cour à sa conjointe. Jouer un pleutre me fait sourire, mais j'y plaque tout ce qu'on me propose sans créativité. Le rôle et mon jeu sont à l'extérieur de moi. Ma scène est dénuée d'âme et de sincérité, malgré le pétillement de ma cousine qui brille dans le rôle de la femme amusée par la poltronnerie de son mari.

Je suis néanmoins retenu dans la première école où j'auditionne: l'Option Théâtre du Collège Lionel-Groulx.

...

Cinq ans plus tard, à ma sortie de l'école de théâtre, j'apprends entre les branches que l'on peut réclamer les fiches d'évaluation de notre audition. Je vais voir la secrétaire, Lise Proulx, qui pendant quatre années a cru que j'étais étudiant en théâtre musical – accusons ici mon bassin en danse perpétuelle. Mettons ça aussi sur le dos de ce legging lilas que je porte comme une seconde peau, comme une gaine de cuisse vivifiante, sous un short moulant volé aux années 1970.

— Non, Simon Boulerice : interprétation théâtrale.

Lise me remet une chemise. J'ouvre avec empressement pour lire les commentaires des juges, devenus mes professeurs. Je suis soufflé par l'écart entre les deux notes : 49 sur 50 pour ma scène dramatique, 25 sur 50 pour ma scène comique.

Luc Morissette, professeur qui m'a enseigné chaque année de ma formation (cours de création théâtrale en première, cours de mouvements théâtraux en deuxième, cours de lecture au micro en troisième, et cours de gestion de carrière en dernière année) et qui ne me connaissait pas à l'époque, bien entendu, avait écrit ceci : « Comment un acteur peut être si intéressant et sincère dans sa scène dramatique, et si faux et mauvais dans sa scène comique ? Intrigant personnage. Prenons-le pour le découvrir. »

J'étais donc perçu comme un acteur dramatique. En quatrième année, lors de mes auditions de sortie d'école, présentées au Quat'Sous, c'est ma scène comique – *Ils se marièrent et eurent beaucoup*, de Philippe Dorin – qui marque les esprits.

Je serais donc passé d'un acteur dramatique à un acteur comique ?

...

En cherchant cette évaluation dans mes archives, je tombe sur la coupure d'un article du *Journal de Montréal* daté du 18 juillet 2005, écrit par le journaliste Patrick Lagacé dans le cadre de sa défunte rubrique « Légendes urbaines ». Il couvrait un fait divers survenu à Granby. Kevin Lamarre, quinze ans, personnifiait Bisou, une mascotte dansante sur scène. Une mascotte si chaude que l'ado a eu un coup de chaleur. Il a perdu connaissance et s'est réveillé à l'hôpital. Lagacé écrit : *Mais on ne s'inquiète jamais du sort des mascottes. Oh, on sait bien, il y a des gens pour déplorer que les poulets d'élevage soient un peu à l'étroit dans les enclos de PFK! Mais des humains à l'étroit dans nos mascottes, ça, personne ne s'en émeut...* Plus loin, le journaliste décrit les mascottes comme des *cols bleus du bonheur gratuit en peluche*.

Lagacé perçoit le besoin d'amour, ou, comme il l'écrit : *l'occasion de vivre une vie de star en échange d'un salaire de misère. Reste que le métier de mascotte est ingrat. C'est la bibitte qu'on embrasse, qu'on photographie, qu'on salue. Qu'on aime. Pas les Kevin dans la bibitte.*

Kevin affirme que sa vie de mascotte est révolue. Les médecins sont formels : le coup de chaleur reçu lui a causé un traumatisme.

En lisant l'article, j'apprends que, dans une mascotte, il fait de 15 à 20 degrés de plus qu'à l'extérieur. L'image du *saltimbanque en sueur* est justifiée.

...

— Y me semble que ça serait plus pratique que tu fasses l'École nationale ou le Conservatoire de Montréal, Simon. Tu vis à Montréal. Que c'est t'irais crisser à Sainte-Thérèse?

— Oui, mais maman, c'est cette école-là qui m'a sélectionné.

— J'vas les appeler, moi! J'vas leur demander de te changer d'école.

— Mais ça marche pas de même…

— Pourquoi pas? Si je leur dis que t'as été pris à Sainte-Thérèse, y vont te prendre. Y vont catcher que t'es bon! J'vas leur expliquer que ça serait plus pratique pour toi. Ça fait moins loin.

— Maman, fais rien, s'il te plaît.

Et ma mère de soupirer à l'infini au téléphone.

Ma candidature est retenue uniquement à Lionel-Groulx, donc. Ma cousine, pour sa part, a le loisir de choisir entre Lionel-Groulx et le Conservatoire de Québec. Elle choisit Québec, mettant un terme à notre symbiotique colocation. Nous vivrons nos écoles de théâtre à distance en conservant l'un pour l'autre les meilleures pensées.

Elle déménage au mois d'août, quelques semaines après mon premier véritable contrat de mascotte. Mon premier contrat payé.

Ma sœur termine sa maîtrise en gestion de projets artistiques. Elle se faufile dans un événement national: la fête du Canada, dans le Vieux-Port de Montréal. Les organisateurs se cherchent un corps anonyme pour remplir la mascotte de feuille d'érable en peluche et ma sœur propose ma candidature.

— Il a déjà fait ça ?

— Oui, pour la fête du Québec.

— Parfait. On s'occupe pas de la partisannerie, nous.

Mes convictions souverainistes de l'époque ne sont pas suffisamment vibrantes pour m'amener à refuser la somme de 150 $, allouée à mon prêt de dignité.

Alors je serai leur saltimbanque en sueur. Leur col bleu du bonheur. Je passe de la fête nationale du Québec à celle du Canada. Mascotte à voile et à vapeur, épousant une cause et son contraire.

Mon corps n'a aucune allégeance politique.

...

La légèreté est une quête si souvent atteinte.

Il y aurait des choses à dire sur le vide des mascottes.

En 2001, je termine mes études en littérature au cégep de Saint-Laurent. Le cours intitulé *Un auteur et son œuvre* a été consacré à l'Italien Italo Calvino. Je me mets en tête de tout lire de cet auteur ludique, doué pour la contrainte.

Dans *Leçons américaines*, ce sont six conférences que Calvino doit offrir aux États-Unis. La première est destinée à faire l'apologie de la légèreté. À la lumière de tout ce qu'il a écrit, l'écrivain considère que, pour définir globalement son travail, il est de bon ton de parler de soustraction de poids.

Calvino voit la légèreté moins comme un défaut que comme une valeur. Il en appelle au poète Lucrèce, sur la dissolution de la compacité. En substance, les poèmes de Lucrèce expriment que le vide n'est pas moins concret que les corps solides.

Je pense à mes mascottes faites de vide. Ce creux non comblé n'est pas moins compact philosophiquement. Calvino l'écrit : *il y a une légèreté du pensif, de même qu'existe comme chacun sait une légèreté du frivole ; mieux, en regard de la légèreté pensive, la frivolité peut apparaître pesante et opaque.*

Plus loin, il précise que pour lui la légèreté est liée à la précision et à la détermination, nullement au vague et à l'aléatoire.

Les mots sages de Paul Valéry prennent tout leur sens : *Il faut être léger comme l'oiseau, et non comme la plume.*

...

À l'époque où je lis Calvino, je dévore aussi tous les livres de Kundera. Je commence avec un roman trouvé à la librairie L'Échange : *La Plaisanterie*. L'écriture de l'auteur tchèque me galvanise, même si j'ai l'impression que ma vivacité est une passoire : je ne retiens que le consistant. Puis suivent *La vie est ailleurs*, *Risibles amours*, *La valse aux adieux*, *Le livre du rire et de l'oubli*, *L'Art du roman*. Je lis ensuite trois livres que je confonds magistralement : *L'immortalité*, *La lenteur* et *L'identité*.

Puis, la semaine où je campe une feuille d'érable en peluche pour la fête du Canada, j'aboutis à son classique *L'insoutenable légèreté de l'être* avec des attentes élevées, qui seront toutes comblées. Kundera y aborde l'amour en expliquant qu'il vit précisément car la possibilité de son absence existe. Il écrit : *Cette tristesse signifiait : nous avons atteint la dernière saison. Ce bonheur signifiait : nous sommes ensemble. La tristesse était la forme et le bonheur, le contenu. Le bonheur remplissait l'espace de la tristesse.*

Le lendemain de mon contrat de mascotte pour la fête du Canada (ayant flirté avec le fiasco), je surligne ces phrases. Dans la marge, je réorchestre les mots à ma sauce: *Le bonheur était la forme et la tristesse, le contenu. La tristesse remplissait l'espace du bonheur. Et la tristesse, c'est toi, Simon.*

J'ai une lucidité foudroyante. Je suis la tristesse dans un costume de bonheur.

...

Quelque part en 2019. J'ai atrocement faim. Je vais m'acheter un bouquet de bananes. L'épicier souriant de l'Intermarché Boyer me parle de son amie, l'écrivaine Christiane Duchesne. Elle aurait dit de moi: « Simon Boulerice, c'est le bonheur en costume d'être humain. »

Pour le faire rire, je sors en faisant des singeries. Sitôt franchie la porte, je m'ouvre une banane que je mange sobrement, sur Mont-Royal.

...

À la dernière émission télé *Dans les médias* de 2019, l'animatrice, Marie-Louise Arsenault, une amie, me présente comme la coqueluche de l'année qui s'achève. Elle me questionne: « On vous demande de chanter constamment, de danser constamment... Est-ce qu'il n'y a pas un danger de devenir un personnage surexposé dont les gens peuvent éventuellement se fatiguer? Vous savez comment ça fonctionne: on aime, on aime, jusqu'à ce qu'on déteste. »

Pour l'occasion, je porte un pull de Noël : un village de maisons en pain d'épice agrémenté d'oursons. Quelque chose de guilleret comme ma prétendue personnalité. Dans la vidéo de présentation qui précède l'entrevue, on offre aux téléspectateurs un montage qui rameute chacune de mes présences à la télé en 2019. Là où d'autres verraient ma soudaine surexposition médiatique, je ne vois que ce sourire infini, que cette joie ostentatoire d'être là, plongé dans la lumière d'un plateau télé. Est-ce bien moi ? Où sont les traces de cet enfant né pour l'ombre, radieux dans son obscurité ?

Dans ce montage qui ressasse mon euphorie des *quiz* populaires et des chroniques nichées, les mêmes cotons ouatés reviennent. Je suis redondant du chandail.

Suis-je davantage là, dans mes cotons ouatés, que dans mon unique visage de joie ?

...

C'est l'année précédant mon entrée à l'école de théâtre. Nous sommes le 1$^{er}$ juillet et il fait une chaleur étouffante. J'incarne Feuille d'érable, la mascotte atrocement lourde de la fête nationale. Il n'y a pas de légèreté qui tienne.

Je porte donc une ambitieuse structure pelucheuse : une feuille d'érable rouge. Ce premier juillet-là est caniculaire. Je confirme : dans ma mascotte, il fait facilement 15 ou 20 degrés de plus. Un ventilateur dans un des coins de la feuille est défectueux ; aucun vent ne circule dans l'habitacle digne d'un sauna.

Je vois la vie à travers le sourire. C'est précisément ça : *voir la vie à travers le sourire*. Ça pourrait être un excellent titre de livre. De ce livre-ci, peut-être ? Je l'envisagerai un moment.

Alors : je vois la vie à travers le sourire. Il y a un filtre noir à la hauteur de mes yeux : c'est la bouche souriante de Feuille d'érable.

Je peux voir sans être vu, délectable posture pour le voyeur que je suis. Je passe une journée à faire des pitreries dans le silence et à accueillir les câlins d'enfants asiatiques. On jurerait que les familles chinoises, japonaises et vietnamiennes sont les seules à être présentes, aujourd'hui. Leur sourire parfait m'attendrit, mais je manque de concentration. Mon pelage hors saison cause la ruine de mes glandes. J'ai prévu le coup : je me suis hydraté comme un chameau, j'ai stocké jusqu'à la fin des temps.

Une envie de pipi se manifeste. On n'a rien de prévu pour moi. Je suis convié à uriner au même endroit que les festivaliers : dans une étroite toilette chimique. Il faut ici voir une mascotte faire la queue, parmi la plèbe en sueur. L'absurdité émouvante de ça.

C'est à mon tour. Je contorsionne les pans de ma vaste feuille d'érable pour me faufiler dans le cercueil bleu et vertical. Toutes les pointes du costume raclent les murs. Je le soulève au maximum pour atteindre ma fermeture éclair. J'urine loin de mon profit ; ça éclabousse partout dans mon pelage rouge.

Je sors dans une fourrure maculée de postillons de pipi. Rapidement, deux enfants japonais se jettent sur moi et se lovent à la hauteur de mon dégât. Des parents capturent ce moment de tendresse.

Je suis infiniment navré pour tout ça.

Dans le spécial *Infoman* sur les bévues de journalistes, présenté en janvier 2020, une animatrice américaine s'entretient avec Chester, une mascotte de chien hyperactif, devant une cloche immense. Pour divertir les téléspectateurs, l'homme qui campe Chester s'amuse à faire férocement sonner le battant de la cloche. Mais il y met une telle vigueur qu'il en perd sa tête de chien.

Sa véritable tête exposée, son identité humaine révélée : voilà une humiliation s'apparentant à une nudité frontale. La plus grande impudeur de la mascotte est de perdre son statut féerique en révélant son humanité, par la voix ou par le corps. Une tête d'homme émergeant d'un corps mascotté : c'est d'une très séduisante obscénité.

Ou encore : une mascarade balafrée.

Me reviennent des vers du poète Jonathan Lamy parus dans la revue *Estuaire* numéro 163, l'édition hommage consacrée à Hélène Monette, écrivaine bien-aimée, emportée par le cancer en 2015. Lamy parle de Disney comme d'un expert pilleur de contes traditionnels, une machine bien huilée pour faire de l'argent. Il écrit :

> *Voilà Mickey qui se dézippe le personnage*
> *Donald Duck qui s'effeuille le stéréotype*
> *et les autres qui font un improbable strip-tease*
> *pour que la liberté soit celle du corps et non des capitaux*
> *pour que l'obscénité reprenne son sens*
> *tourné à l'envers par les chasseurs de prime*
> *et d'animaux transformés en monnaie trébuchante.*

Lamy termine son texte en démocratisant toutes les vies, toutes les naissances. Il précise :

*qu'on dévoile*
*le nom de tout le monde*
*pour qu'avoir une identité*
*ne soit plus réservé aux meurtriers*
*et aux gens qui passent à la télé*

Hélène Monette doit sourire de quiétude dans sa tombe : parler des petites gens était sa respiration d'autrice. Quand je pense à l'univers de Monette, j'ignore pourquoi, mais je pense à une mère aimante et fatiguée qui, devant le rétroviseur de son char rouillé, se fait un nez et des moustaches de chat avec du maquillage inapproprié, juste pour faire sourire son fils, le tout dans le stationnement d'une modeste kermesse de quartier.

Je suis sûr qu'Hélène aurait été touchée par l'ado campant le corps d'une mascotte miteuse avec une rigueur exceptionnelle.

...

L'animateur de la mascotte voit sans être vu.

Il vit dans les limbes, quelque part entre pudeur et exhibitionnisme. Il est à cheval entre une extrême discrétion et un flamboyant orgueil. Car la mascotte montre si peu et donne tout. Elle exhibe toutes les coutures de sa joie, fanfaronne, pavane son enthousiasme, et garde pour elle sa sueur et ses pleurs.

Le cabotinage occulte tout. Y compris tout le désarroi possible.

...

Voir sans être vu m'obsède depuis l'enfance, depuis les films policiers regardés avec mes parents. Longtemps, j'ai voulu être enquêteur, moins pour résoudre des crimes que pour assister aux interrogatoires, derrière la vitre-miroir. Être témoin du courroux, de l'ébullition, de l'agressivité. Voir, à l'abri, de belles crapules tatouées. Admirer le bouquet de leurs veines lorsqu'elles hurlent des insanités au visage des policiers.

Le miroir sans tain est une vitre qui permet de voir à travers dans un sens, mais pas dans l'autre. Exactement comme ma bouche de mascotte, ce tulle qui donne à voir ou qui masque, selon le sens.

Wildwood, 1994. Avec mon argent de poche, je m'achète des verres fumés sensationnels pour en mettre plein la vue, et pour voir tous les angles qui m'intéressent, et ce, en toute impunité. J'interroge ma sœur.

— Vicky, regarde-moi bien. Tu peux-tu dire ce que je regarde présentement?

— Hum... Moi?

— Non, je regarde à terre! Pis maintenant, je regarde quoi?

— Le ciel?

— Non, je regarde le parasol à droite.

— Eh ben.

— Donc: tu vois pas mes yeux?

— Non.

La vie s'ouvre à moi. Je vais dans les toilettes en bordure de plage pour espionner des crapules tatouées devant leur urinoir. C'est lassant de toujours regarder devant soi le carrelage triste. Maintenant, avec mes lunettes de soleil, tous les angles sont permis. Enfin.

Je suis un enquêteur qui scrute de près les suspects qui m'intéressent.

...

Pendant quatre années, mes parents ont possédé une voiture aux vitres teintées. Je m'amusais à plonger mon regard dans les racoins interdits des autos que nous croisions. Pire, je me fabriquais des grimaces que je servais aux autres conducteurs en toute immunité. Lorsque mes parents ont changé de voiture, je n'ai pas réalisé tout de suite que les vitres n'étaient plus teintées. Alors je grimaçais à la vue des automobilistes sans me douter qu'ils me voyaient en retour.

...

Être vu sans être reconnu, c'est le lot des mascottes, de ceux et celles qui y sont plongés. Le décalage me fascine. Cette grande solitude muette entourée de cris, de joies, de regards.

Être vu sans être reconnu, c'est aussi les débuts de l'écrivain qui parcourt les salons du livre.

...

Est-ce une forme d'humiliation ? Ou alors d'humilité ?

Novembre 2013. Le même jour où je suis convié à la table de *Tout le monde en parle* pour présenter trois livres que je publie simultanément, je fais de la figuration dans *L'Auberge du chien noir*. Je suis relégué à circuler dans l'ombre, silencieusement, derrière des acteurs confirmés, avant de m'épivarder sous les projecteurs de la grand-messe du dimanche soir. L'écart fait sourire et encapsule toute ma vie : cette ombre, cette lumière. Mon corps traversé par l'une et l'autre. Marie Carmen dans le cœur jusqu'à la fin des temps.

Deux ans plus tard, je suis un saltimbanque de rue. J'incarne un scientifique fou qui prétend pouvoir contrôler le hasard. J'écourte mon animation pour donner une entrevue à l'émission de Christiane Charrette, *125, Marie-Anne*. Je suis convié encore à la noce. Dans les coulisses, le premier invité, Patrick Lagacé, me demande si je suis l'attaché de presse de Stéphanie Lapointe, aussi sur le show.

Humilité, viens m'enlacer.

...

Lors d'une entrevue à Télé-Québec à l'émission *Banc public*, Claude Hubert s'avère un gentleman. Il dit ne jamais avoir osé décoiffer les dames avec sa patte en peluche. Les hommes, c'est une autre histoire. Il a déjà, par accident, retiré la perruque d'un homme. Mais c'est la bonhomie qui le guidait.

Son emploi était, à ses yeux, près du mime. Il explique le mystère entourant le tic célébré de Youppi! de se frapper le nez vers le haut.

Ce coup était simplement pour replacer sa tête de mascotte.

...

2001 et 2002. Alors que j'étudie en littérature à l'UQAM, je prends parallèlement des cours de mime chez Omnibus. J'hésite tant entre la danse et le théâtre, et je me fais croire que le mime est au carrefour de mes passions. Jean Asselin m'enseigne, puis Francine Alepin, puis Denise Boulanger, tous des disciples d'Étienne Decroux, lui-même élève de Jacques Copeau, puis dirigé par Antonin Artaud et Louis Jouvet, puis professeur de Jean-Louis Barrault et Marcel Marceau. Decroux est le père du mime corporel dramatique et du *moonwalk*, marche rendue célèbre par Michael Jackson que je reproduis bien approximativement.

Il est question de *mime*, et non de *pantomime*. Comme le dit Decroux, *l'acteur parlant est moins bavard que le pantomime*. Pour ce maître français, l'art est d'abord une plainte et se doit d'être grave.

Dans les locaux de l'Espace Libre, en salle de répétition, entouré d'élèves plus précises que moi, j'ai l'impression de participer à quelque chose qui me dépasse de plusieurs têtes.

J'apprends à isoler des parties de mon corps, à éveiller l'émotion sans que mon visage y participe. Mon corps absorbe et restitue la gamme de mouvements. Je me fais penser aux *Volbecs*, ce dessin animé franco-suisse de Rob Engler du début des années 1990. Le volbec, ressemblant à un oiseau – ou à une citrouille, lorsqu'immobile – se nourrissait en plongeant son bec dans un arc-en-ciel. Puis la couleur bue colorait son pelage de cucurbitacée. À travers les émotions, l'enfant téléspectateur découvrait, par le truchement du volbec, une foule de sentiments liés à des couleurs précises : curiosité, colère, espoir, mélancolie, fierté, solitude, peur, joie, pitié, jalousie, désespoir, amour...

Mon corps est multiple comme un volbec. Il a une neutralité sur laquelle je peux accoler ce que je veux et projeter ce qui me chante. Car pour Decroux, le masque doit être inexpressif, le visage annulé, et le corps, aussi nu que la décence le permet. C'est dans le corps que se passe tout.

La poète Gabrielle Giasson-Dulude, avec qui je jouerai en 2003 une version animalière de *La Cantatrice chauve* (rebaptisée alors *La Cantatrice fauve*; apprécions l'effort), parle de son amour pour cet art dans *Les Chants du mime*, un brillant et personnel essai paru aux Éditions du Noroît en 2017. Elle écrit: *Il m'arrive de penser que Decroux a peut-être inventé tout le vocabulaire et les règles de sa grammaire du mime pour s'expliquer à lui-même, ou encore chercher en lui-même, comme en tous ceux et celles qui ont pratiqué le mime, cette faculté qu'a l'humain de se tenir debout. Decroux écrit: «Quand je vois un corps se dresser, c'est comme si je sentais l'humanité se lever.»*

Et moi qui suis doué pour chuter. Me reviennent aujourd'hui les mots de Maya Angelou dans *And Still I Rise*: *Mais comme la poussière, je m'élève pourtant.*

Jean, Francine et Denise, mon trio de formateurs chez Omnibus, s'entendent sur ceci: «Ton corps n'est pas tout à fait neutre, Simon.»

Je copie mes comparses du mieux que je le peux. Le mimétisme finira bien par m'aider.

...

Lors d'une pré-entrevue pour l'émission *Les Poilus*, une recherchiste me demande quel serait mon animal-totem. Je devrais répondre «ouistiti», mon nom d'animateur de camp de jour au début des années 2000, mais je parle plutôt d'une brebis se prenant pour un chien. Me revient alors une vidéo virale qui défile souvent sur mon fil d'actualité Facebook: un mouton qui sautille parmi un troupeau de chiens dans un pré. Le mouton semble avoir un exquis trouble de la personnalité.

La recherchiste est étonnée : « Vous vous voyez comme un mouton ? »

Oui, mais un mouton-caméléon. Qui s'adapte à son auditoire, qui se fond dans la masse. Un agneau, roi du mimétisme. J'ai toujours été doué pour m'ajuster. Mettez-moi dans un local rempli d'intellectuels, je vous parlerai de Foucault ou de Lacan, je vous citerai Cocteau ou Genet. Placez-moi au sommet d'un escalier avec des amis alcoolisés, je vous déboulerai les marches par vaste empathie, malgré ma flamboyante sobriété.

La recherchiste me félicite pour ma capacité à bien lire en moi.

...

Dans *Jean Cocteau par Jean Cocteau : entretiens avec William Fifield*, Cocteau cite Raymond Radiguet : *Il faut se mettre devant un chef-d'œuvre, le copier, et c'est dans la mesure où on ne peut pas arriver à le copier qu'on est original.*

Je lis de tout, je surligne des pages entières pour être traversé par la vivacité des autres, pour me contaminer. Quand je jalouse une phrase, qu'elle semble m'appartenir, j'inscris mes initiales dans la marge. S.B. Ceci est moi. C'est ce que je crois, ce que j'endosse, ce que j'embrasse. Ou c'est ce à quoi j'aspire. Au fond, oui, cet auteur m'a plagié.

Dans *Le vent Paraclet*, Michel Tournier tient des propos controversés qui m'enchantent : il affirme être pour le plagiat, *à condition d'avoir la force de renverser l'ordre chronologique en lui substituant un ordre plus profond, plus essentiel.* Ainsi, il n'a aucun malaise à avouer avoir volé des idées à Alain-Fournier et son célèbre *Grand Meaulnes*, dans la mesure où, dans son roman *Le Roi des aulnes*, il les a élevées, poussées plus loin, densifiées. Il écrit : *Il me semble que la priorité dans le temps d'Alain-Fournier ne tient pas en face d'une priorité thématique aussi fortement fondée, et que si l'un des deux, Fournier ou Tournier, devait être taxé de plagiat, c'est Fournier qu'il faudrait en toute justice condamner.*

Plus loin, il pense la même chose de Daniel Defoe dont le *Robinson Crusoé* est moins inventif que son *Vendredi ou Les limbes du Pacifique*. Et Paul Valéry ? *Il faudra un jour que je rende justice à Paul Valéry de tout ce que je lui dois, et j'en profiterai pour dresser l'acte d'accusation que j'ai mûri contre lui en vrai fils ingrat et révolté.*

Car : « c'est le petit qui a raison, comme disait Raimu dans *Marius*. En vérité, le petit a toujours raison. »

Tournier est né cinquante-huit ans avant moi, alors j'ai presque envie de retirer les guillemets.

...

À l'émission *Cette année-là* qu'anime Marc Labrèche, mon fantaisiste chouchou, je présente depuis 2018 des œuvres importantes à mes yeux. Ça me vaut des fleurs autant que des pots. « Mais Simon, on dirait que tu aimes tout. »

Pas du tout, mais j'offre une tribune à ce que j'aime. Il y a des auteurs, des artistes que je désire garder vivants, et dont je veux commémorer l'importance du legs.

Voilà qui a de quoi me rassurer : Robert Lepage croit lui aussi qu'on doit avoir un sens de l'émerveillement, un sens de l'admiration qui n'est pas dirigé vers soi, mais vers les gens, les choses qui nous entourent. Dans *Quelques zones de liberté*, de Rémy Charest, l'homme de théâtre raconte qu'avant sa mort, André Malraux, écrivain français goncourisé et escroc génial (*Tout aventurier est né d'un mythomane*), avait demandé qu'on l'enregistre. Il voulait aller au bout de la parole et de ses idées avant que le cancer ne l'en empêche. Et quand on lui a demandé ce qu'il avait le plus apprécié dans sa vie, il a répondu : « le sentiment d'avoir admiré des gens, d'avoir été étonné par l'art ».

L'admiration que je voue à la création me densifie. Je suis pesant : je suis la somme d'une vingtaine de bibliothèques chargées de livres aux pages marquées de trait bleu.

...

Dans le livre de Giasson-Dulude, je tombe sur ce passage : *Contemporain de Decroux, Charlie Chaplin sait s'immobiliser, soulignant ou précisant, à la manière d'une ponctuation, ce qui vient d'avoir lieu. Decroux en était d'ailleurs un grand admirateur, il le considérait comme un gymnaste, un artiste, un citoyen « dont l'âme, assurément dépasse le métier ».*

Et plus loin : *Charlie Chaplin aux yeux de Decroux est un mime ; aux yeux de bien des clowns, il est un clown.*

Je repense à une de mes chroniques radiophoniques sur le livre *Charlie Chaplin*, de Peter Ackroyd, où l'auteur prête à la *star* deux personnalités distinctes : d'un côté, le génie comique et le charmeur en société ; de l'autre, l'homme imbu de lui-même, autoritaire et tyrannique sur un plateau de tournage. En somme, un véritable Dr Jekyll et Mr Hyde. Un jour, adorable, le lendemain, une véritable peste. Il aurait dissimulé son mépris sous un sourire désarmant.

Rapidement, Chaplin a compris que plus il jouait sérieux, plus il amusait la galerie. Son principe: «Si ce qu'on fait est amusant, on n'a pas besoin d'être amusant en le faisant.»

Sa marque de commerce: la marche les pieds en canard, le moulinet de sa canne. Dans son jeu, il ajoutait aussi un élément de sentimentalité, un ingrédient indispensable à l'enrichissement du personnage. Il infusait de l'humanité, de la féminité.

Mary Pickford – la fiancée de l'Amérique – disait de lui qu'il portait les deux sexes.

...

En 2019, je me rends au Musée des beaux-arts du Canada à Ottawa pour y voir une expo qui m'intéresse, mais ce n'est pas ce qui se déposera dans ma mémoire. Adjacente à mon hôtel, une galerie. Et au dernier étage, une expo inattendue. Je découvre alors l'œuvre de Claude Cahun. Je suis fasciné par iel.

Cahun, né.e Lucy Schwob en 1894 à Nantes – et mort.e soixante ans plus tard – était un.e écrivain.e, photographe et plasticien.ne en couple avec Suzanne Malherbe, dit.e Marcel Moore. L'expo de Cahun est comme son œuvre littéraire: il y foisonne la découverte de soi, et la multiplicité de cette démarche.

Quelques mois plus tard, mon amoureux m'offre l'autobiographie de Cahun, *Aveux non avenus*, œuvre de 1930 difficile à dénicher. C'est une autobiographie fragmentée à l'excès et illustrée de photomontages. Je la parcours avec avidité. Cahun y parle de l'envoûtement des masques, énonce les dispositions secrètes du moi, embrasse chacune de ses ambiguïtés. Iel avance une idée séduisante : l'introspection est une stérile illusion. Pour avoir accès au véritable moi, un moi qui se réinvente perpétuellement, il faut procéder à un jeu de métamorphoses. *Sous ce masque, un autre masque. Je n'en finirai pas de soulever tous ces visages.* Artiste précurseur.e de Cindy Sherman, oui.

Une phrase m'obsède : *Je ne saurai rien du dehors. Du moins je connaîtrai mon visage – et peut-être me suffira-t-il assez pour me plaire.*

Non binaire, avant-gardiste, iel brouillait les cartes : *Masculin ? féminin ? mais ça dépend des cas. Neutre est le seul genre qui me convienne toujours. S'il existait dans notre langue on n'observerait pas ce flottement de ma pensée. Je serais pour de bon l'abeille ouvrière.*

L'artiste écrit plus loin que corps et âme, il faut s'attacher à soi-même.

*Mais les fards que j'avais employés, semblaient indélébiles. Je frottai tant pour nettoyer que j'enlevai la peau. Et mon âme, comme un visage écorché, à vif, n'avait plus forme humaine.*

...

Février 2020. Je me retrouve à avoir trois tournages différents la même journée. Matin, après-midi et soir. Une publicité pour un contrat de porte-parole d'abord, un projet Web ensuite, et un talk-show pour conclure. À chaque endroit, une maquilleuse ajoute une couche de maquillage. J'ai beau signaler que je suis déjà maquillé, on décide de faire des ajustements. « Ça va être plus uniforme comme ça. »

Mais ce sont tous des produits différents, des matières uniques, des pinceaux nouveaux qui me revampent. Certains maquilleurs me peignent les sourcils de noir et les cils de mascara, d'autres m'appliquent un brillant à lèvres. Le soir, je suis multicouche devant mon miroir. Je me savonne frénétiquement le visage pour retirer ces masques de couleur peau.

Ma *désuniformité* reprend ses droits.

...

Mais regagnons une forme de chronologie.

L'été 2003 tire à sa fin. Je n'ai pas encore trouvé le bon produit nettoyant adapté pour ma peau forte en sébum, alors j'ai une lisière de boutons sur le front. Mon acné fait une farandole; je suis festif jusqu'au bout.

Ma formation à l'école de théâtre va bientôt commencer; je suis fébrile à l'excès. Je lis *Mise en scène et Jeu de l'acteur*, les entretiens de Josette Féral. Le tome 2 est intitulé *Le Corps en scène*. Pol Pelletier y parle de la rencontre avec soi-même. Cette rencontre à l'intérieur de soi qu'il faut savoir faire. Elle révèle : *Au début de la formation, il faut savoir enlever. Mais il faut savoir ce que l'on fait quand on enlève, parce que personne ne met ses défenses pour rien. C'est très délicat comme travail parce qu'une fois les défenses enlevées chaque humain devient une fleur. Il n'y a pas d'autre mot.*

J'ai cette touchante naïveté : je suis prêt à tout débroussailler, à retirer les palissades et les costumes. Je suis prêt à éclore dans mon école de théâtre.

*Mais Simon, si tu savais.*

93

94

*3e Récit*

## DES MASCOTTES

*Extrait*

*Il y a beaucoup de gens pour dire que le théâtre ne s'apprend pas.*

*Les uns, qui méprisent tout apprentissage, rejoignent ici les autres, qui ne croient qu'au génie.*

*Culte de la spontanéité, culte de l'ineffable – finalement, c'est la même chose.*

*Ce que cette même chose nie, implicitement ou non, c'est le travail.*

*Précisément le travail du jeu.*

*Et qui pourrait dire que le jeu ne s'apprend pas ?*

Antoine Vitez, *Écrits sur le théâtre*, I

— Alors, Simon l'universitaire, tu veux devenir comédien ?

— Oui-oui. En fait, j'ai surtout envie d'être avec des gens plus drôles que moi.

Je choisis l'honnêteté au moment où Bernard m'interroge. Il m'enseigne la dramaturgie à l'école de théâtre, alors que l'année passée, il me donnait un cours de jeu offert aux élèves de *Critique et dramaturgie* à l'UQAM. Bernard me voit comme un intellectuel et non comme un comédien.

Des collègues jalousent la complicité préexistante entre Bernard et moi : ils perçoivent que j'ai une longueur d'avance. Je sais bien que c'est l'inverse ; à ses yeux, je suis un théoricien qui désire – à tort – défroquer. J'en suis convaincu : j'entame mon école de théâtre *pénalisé*. La première année est probatoire, je le sais trop bien. Je dois prouver que le jeu est ma passion et que j'ai le talent nécessaire pour mener cette carrière plongée dans la lumière.

Rapidement, parce que j'ai une pièce à mon actif et toujours un cahier à la main, je suis vu comme l'auteur qui veut jouer. Puis pour d'autres, témoins de mon ostentatoire legging lilas, comme le danseur qui veut jouer. Mais aucun regard qui se pose sur moi ne me fait croire que je suis comédien.

Pouvons-nous simplement être multiples ?

...

C'est avec l'arrivée de l'école de théâtre dans ma vie que mon identité se dédouble, se clive en deux pôles distincts. Je suis morcelé jusqu'à l'émiettement ; je navigue perpétuellement entre solitude et collectivité, entre sauvagerie et entregent.

Je suis *choralisé*, du verbe «choraliser», oui, qui signifie *donner un caractère choral*. Je ne compte plus toutes les voix en moi. Il y a moi qui chante faux, moi qui tente d'harmoniser, moi qui *sopranise*, moi qui *ténorise*, moi qui fends mes cordes vocales avec des cris décalibrés.

C'est la révocabilité des notes justes, celles que je croyais atteindre, mais qui sont discutables.

...

Mais mon enfance se poursuit. Je me dépatouille avec la même mélancolie gluante, comme des temps d'après sprint. C'est une *achronie intérieure*, dans la mesure où je vis ce sentiment d'intemporalité avec cette somme de souvenirs.

En lisant *Médée*, de Christa Wolf, je tombe sur cette citation de la sociologue allemande Elisabeth Lenk placée en exergue : *L'achronie n'est pas le côtoiement indifférent, mais plutôt une interpénétration des époques selon le modèle du trépied, une perspective de structures se rajeunissant. On peut les étirer comme un accordéon, la distance est grande alors d'un bout à l'autre, mais on peut aussi les emboîter les unes dans les autres comme des poupées russes, alors les cloisons séparant les époques sont très proches les unes des autres. Les gens des autres siècles entendent geindre notre gramophone et, à travers les cloisons temporelles, nous les voyons tendre leurs mains vers de si appétissantes agapes.*

Ma mémoire est amovible, comme les salles de théâtre contemporaines. Une usine désaffectée revampée en lieu artistique, où les performances se conçoivent dans chaque recoin. Mes souvenirs se reconfigurent quotidiennement, se remboîtent et se dilatent tour à tour. Mais toujours ce grand écart entre mes fondatrices années 1990 et ce que j'habite aujourd'hui. Ce Simon adulte enserrant férocement le Simon enfant, ou adolescent. Le sortant de la noyade, ou alors lui glissant à l'oreille : *tout va, tout ira.*

...

Tout va, tout ira.

D'où me vient cette agitation ? Calme. Sois calme, Simon. Tu ne connais rien de cet état, de cet apaisement. Suzanne Garceau me donne le tout premier cours de jeu de ma formation à l'école de théâtre. Je la confonds avec une autre actrice – Louise Turcot, peut-être ? Au-delà de ma méprise, je la trouve brillante et concrète. J'aime le regard qu'elle pose sur mes collègues et moi. Elle est sévère sans être impitoyable. Elle blesse parfois, comme ses mots lancés dans le dos de Marie, alors qu'elle joue : « Regardez ces yeux, c'est fascinant, ils sont vides vides vides. » Pour moi, la sanction est juste et moins brutale : « Tu es agile, mais agité. »

Oui, j'ai *un cœur de poussin dans une fourrure de lapin.*

Elle m'a cerné en un seul cours.

...

Je retrouve mes cahiers de comédien en formation, ceux remplis lors de ma première année, dite *probatoire*. J'ai tant entendu d'étudiants en théâtre dire : « À l'École nationale ou dans les conservatoires, après l'audition, tu dois obligatoirement passer le stage. Dans les cégeps professionnels, que ce soit à Saint-Hyacinthe ou à Sainte-Thérèse, le stage, ça dure toute la première année. » La corrélation n'est pas fausse : sur les quelque trois cents candidats de l'année, nous sommes trente-deux à avoir été retenus. De ces trente-deux, trois se sont désistés pour une autre école de théâtre, et seule une douzaine passera à la deuxième année.

En lisant mes journaux de bord, donc, je redécouvre un Simon docile et volontaire, prêt à tout faire pour passer son année. On espère de moi que je tamise mon énergie qui éclabousse de partout, que je gagne en autorité et en sobriété sur scène. Sur plusieurs pages, comme super-objectif, je lis, en lettres capitales : L'ÉPURATION. Relire quelque quinze ans plus tard le mot « super-objectif » me donne mal au cœur. Mot enfoui qui méritait de le demeurer. Est-ce le travail d'une vie – ou de la mienne précisément –, veiller à *m'épurer* ? De la même manière que mes grands-parents de quatre-vingt-onze et quatre-vingt-douze ans, Janine et Marcel, élaguent leur matériel de logis en logis. D'abord, en passant de leur maison à un appartement. Puis maintenant, depuis janvier, en passant de leur appartement à leur chambre en résidence pour personnes autonomes. Dans mon armoire, le Creuset orange de grand-maman Janine est si beau; vais-je finir par l'utiliser un jour?

Des années après avoir rempli mes cahiers de ce mot, je vérifie dans le dictionnaire le sens du verbe «épurer». Allons-y du point de vue figuratif: *rendre meilleur, plus correct ou fin*. Ma juvénilité est incorrecte, ou alors grossière, dépourvue de finesse. Ou encore, attardons-nous au terme littéral: *rendre pur, ou à tout le moins plus pur, en éliminant les éléments étrangers*. Comme si la joie enfantine qu'on me reproche était étrangère à ma vraie nature? Mais comment le savent-ils?

Mais c'est bien le terme «épuration» qu'ont choisi mes profs. Voyons voir: *dans le domaine sociopolitique, l'épuration, terme utilisé au sens propre en matière physique, chimique, ou médical, consiste en l'élimination du corps social des membres jugés indignes d'en faire partie ou considérés comme indésirables*.

Est-ce un message subtil? Cherche-t-on à me faire comprendre que je suis indigne de cette formation? Ou que la profession d'acteur me voit comme un indésirable?

...

Chaque faux pas est un glissement vers la guillotine. Chaque accroc fragilise ma confiance.

Quotidiennement, je me dis que c'est la fin.

*J'ai encore un rhume et j'ai déjà à la base une voix nasillarde, alors à quoi bon me garder ?*

*Je suis incapable de capter les mouvements de Charleston dans le cours de ballet-jazz de Sylvie Normandin, alors pourquoi m'acharner ?*

*Je massacre le virelangue « Jésus loge chez Zaché », alors je mérite d'être chassé.*

Cette première année-là, je me fêle une côte sur le genou d'un collègue, lors d'un exercice physique où je me donne sans demi-mesure ; je fais une crise d'urticaire qui m'envoie à la clinique, et j'en sors avec du Benadryl qui me fera dormir en pleine classe de jeu ; je vomis dans les coulisses de la salle Ketchum (que j'appelle encore Ketchup par diction fragile) avant une générale.

Les signaux sont peut-être clairs, mais je refuse de les voir. Ma nuque d'autruche est pourtant haute et effervescente – peut-être fuis-je les guillotines ? Poule pas de tête, mais remplie de nerfs et d'espérance. Je veux appartenir à ce monde et je vais y appartenir. Cependant, quand je reçois l'évaluation de ma première scène, avant les Fêtes, je suis forcé de voir les choses de visu : alors que je croyais offrir toute ma sensibilité et mes nuances à Jeff, le vulnérable homosexuel dans *Un goût de miel*, de Shelag Delaney, un rôle très près de ce que je dégage, mes enseignants me partagent leur déception : « Tu es incapable de jouer autre chose que Simon Boulerice. »

Je ne peux jouer que moi, alors ? Mais au moins : me joue-je bien ?

...

— Tu parles beaucoup du nez, Simon. As-tu un rhume ?

Non, c'est ma voix habituelle. J'ai plusieurs allergies. J'éternue constamment. Même la nuit. Je ne m'aide pas ; il m'arrive d'épousseter innocemment ma tête de lit d'un geste paresseux de la main avant de m'endormir.

...

« La présence scénique dépasse les mots », dit Suzanne. Je note dans mon journal de bord d'apprenti-comédien.

...

Karine me demande de l'aider à départager le côté jardin du côté cour. Elle me dit : « Comme moyen mnémotechnique, je sais qu'on peut se dire "Jésus-Christ", mais je sais jamais si on le dit dans la salle ou sur la scène. »

Fraîche-pet, je réponds solennellement : « Toujours de la salle. Mais plutôt que de dire "Jésus-Christ", je t'invite à dire "Jean Cocteau". C'est un poète plus intéressant. »

Plus de quinze ans plus tard, je suis encore désolé de ma candide arrogance.

...

De nouveaux contrats de comédiens-animateurs s'ajoutent à mon emploi du temps. La paie ne m'importe pas : j'essaie d'aller à la rencontre des gens, moi, enfant doué pour l'ombre et le silence. Les contrats seraient bénévoles que je n'aurais possiblement pas bronché. Je dis oui à tout, dans la mesure où j'apprends à sortir de ma réconfortante solitude.

J'auditionne pour être un personnage à la Fête des neiges pour les week-ends de février. Je décroche le rôle d'un des sept saltimbanques, personnages doucereux et asexués. Nous avons une chevelure de troll blanche résolument échevelée et un costume aussi scintillant qu'informe, car hivernal. Notre maquillage me dégoûte : on nous colle des pierreries au visage, mais rien n'adhère à ma peau. Je passe mon temps à perdre mes brillants, et mon maquillage blanc s'estompe sous mon nez, tant il coule. Des sept comédiens, je suis de loin le moins féerique. Nous sommes cinq jeunes femmes et deux jeunes hommes. Mon collègue masculin est encore plus chétif que moi. Partout, je me fais dire que je suis belle, alors je bats des cils comme les autres. Je suis une drag queen hivernale.

Un vendredi matin, une patronne de la Fête des Neiges m'appelle, catastrophée. Un animateur ne s'est pas présenté et elle me demande de le remplacer. Je n'ai pas de cours ce matin-là, alors j'accepte, sachant que cette fois-ci, je serai appelé à animer sans costume. Serai-je suffisant ? Que vaux-je sans déguisement ?

À l'époque, je ne porte pas de Kanuk – je poserai quelques années plus tard pour le catalogue du fabricant, recevant un manteau rouge pompier en guise de paiement à mon mannequinat souriant. Mon manteau d'alors, un long tweed carreauté acheté à la boutique Renaissance pour quelques dollars, semble sorti tout droit d'un film d'époque de Claude Jutra. Je m'offrirais assurément un rôle de figurant privé de manteau de fourrure dans *Mon oncle Antoine*. Mon tweed est déchiré par endroits ; la doublure est éventrée comme on l'aurait fait de l'estomac d'un divan camouflant un butin. La poche droite est un guet-apens. Si j'ai l'idée d'y mettre de la monnaie, mes sous tombent immédiatement au sol. Si j'y engouffre ma main, la chaleur ne vient jamais. Je suis autant hors saison que hors de propos dans cette brigade d'animateurs chevronnés vêtus de manteaux adéquats.

En arrivant sur le site, je suis invité à utiliser un surnom. « Pour préserver la magie, on évite de donner les vrais noms. » J'ignore de quelle magie il est question : j'ai l'air d'un étudiant en philosophie égaré dans une fête hivernale. Pris au dépourvu, je lance le premier nom qui me vient à l'esprit, convaincu qu'on m'invitera à le revoir.

— Bottes-glissantes.

— Parfait. Alors, Bottes-glissantes, voici ton groupe. Tu les emmènes glisser la première heure, puis faire des jeux de patinoire la deuxième heure. Le dîner est à midi. T'as une montre ?

— Non.

— En espérant qu'un des enfants en ait une. Sinon, je passerai t'avertir.

J'ai droit à des élèves de 2$^e$ année. Ils acceptent mon nom sans une once de jugement. Vitement, l'un d'entre eux me demande si je m'appelle vraiment ainsi, mais me voir tomber avec sincérité sur la glace le convainc que le surnom est du cousu main. Mes bottes sont effectivement glissantes ; mon père, désapprouvant mes Converse d'adolescent, m'a passé ses vieilles Kodiak. Ses « bottes Sorel », qu'il les appelle. Pour moi, ce sont des bottes lunaires. Je passe la journée à glisser à terre et à m'empêtrer dans les pans de mon long manteau en me relevant.

Sur l'heure du dîner, pendant que mes collègues surveillent les enfants qui mangent, je me cache aux toilettes pour évaluer mes blessures. Un enfant lumineux de ma troupe vient me rejoindre.

— Bottes-glissantes, il vient de m'arriver quelque chose de rare.

Je suis étonné par son choix de mots. Je le détaille de plus près et remarque que son chandail jaune moutarde est maculé de sang. En temps normal, je paniquerais, mais je conserve mon calme en lui demandant des éclaircissements. Il me fait un sourire éloquent dans lequel un trou perce une blancheur immaculée.

— Je viens de perdre ma première dent. Regarde.

Il me montre fièrement sa petite perle en forme de dent.

— Tu t'appelles comment ?

— Simon, me répond-il.

De toutes mes forces, je me retiens de divulguer la vraie identité de Bottes-glissantes en criant « Comme moi ! ». J'invite plutôt Simon à éponger son sang. J'humecte du papier brun, et pendant que son sang coagule, la tragédie s'enclenche.

— J'ai perdu ma dent.

— Tu l'avais dans la main, non ?

— Elle est plus là.

Simon a un trémolo dans la voix, un sanglot digne des grandes pertes de l'enfance. Son désarroi me fait glisser comme sur un rond de glace ; je m'affale au sol pour retrouver sa petite perle blanche. Je cherche comme une furie, la débusque sous sa botte, et la lui tends avec une fierté toute paternelle.

Aurai-je des enfants, un jour?

...

La confiance surgit sous l'angle parascolaire; je décide de participer à *Cégeps en spectacle*. C'est un tournant. Je me suis concocté un solo champ gauche dans lequel je joue les deux rôles de *Mademoiselle Julie*, de Strindberg. Je porte une robe noire vaporeuse (c'est Sarah qui me l'a passée) et arbore une barbe de cinq jours. Le jury m'offre le second prix en saluant mon audace. Je m'avance pour accueillir les applaudissements nourris du public, puis m'avance davantage pour aller cueillir un chèque inexistant. Le second prix n'a rien. Je souris de méprise et je fais semblant d'être amusé.

Les échos sont galvanisants; des finissants en interprétation valident mon talent, saluent ma prestation. Un journaliste local écrit qu'on m'a ravi le premier prix que je méritais. Je suis touché, sans partager son avis.

L'année suivante, je remets ça, dans un numéro intitulé *Nœuds et papillon*. J'y incarne le double de mon enfance, un gamin qui souffre d'énurésie, qui demande consolation, voire réparation. Il fait son entrée en scène dans un bas de pyjama rayé qu'il retire, puis le porte à son nez, pour évaluer le gâchis. Il attend la présence rassurante de Passe-Montagne, croisé un jour dans un spectacle de centre commercial en Montérégie. Surgit alors *Tous les cris les S.O.S*, la version de Marie Denise Pelletier. Entre grâce et *brouillonnerie*, l'enfant danse, se fabrique une couche avec des sacs d'épicerie qu'il perce de ses pieds pointés, puis va jusqu'à enfiler une immense jupe de sacs de plastique, sacs que j'ai cousus consciencieusement pendant tout le temps des Fêtes. Puis, à la fin de mon numéro, l'enfant enfile le veston qui habillait un mannequin de couture, côté jardin. L'enfant devient Passe-Montagne.

C'est le début d'une méthode de travail que j'affectionne : créer un réseau de sens à partir d'idées éparses et biscornues. Dès le départ, trois matériaux s'offraient à moi : un poème sur un enfant qui mouille son lit écrit trois ans plus tôt dans mon cours de poésie à l'UQAM, une obsession pour une reprise de Marie Denise Pelletier et le prêt à long terme d'un costume de Passe-Montagne confectionné par la mère d'une amie. De ces éléments hétéroclites, extraire le plus de liens et de sens possible sera un jeu qui m'élève. Tisser des ramifications entre des contradictions – les miennes comprises – sera ma manière de créer.

Après mon numéro, qui récolte la première position (et le chèque s'y rattachant, cette fois), et qui m'amène à remporter le prix de la création à la finale nationale de l'édition de *Cégeps en spectacle* 2005, Sarah se prononce : « Tu dégages une force incroyable dans tes créations que tu ne retrouves pas tout à fait dans les cours de jeu. » Elle me voit créateur plus qu'interprète et elle a probablement raison.

Joëlle me donne aussi son avis : « J'ai pleuré, tant tu m'as émue. Et certains riaient autour de moi. Ça m'a tellement mise en colère. »

Moi, ça me met en joie : *pleurez ou riez, mais pour l'amour, réagissez.*

...

Une adolescente m'écrit sur Instagram cette semaine : « J'aime vous lire, Monsieur Boulerice, mais je ne sais jamais si je dois rire ou pleurer. Alors je fais les deux. Merci pour m'emmener dans les deux directions, et parfois en même temps. »

...

Pour en mettre plein la vue aux professeurs incertains de mon engagement, je fais des pressions pour jouer le rôle le plus mesquin de notre cours de création collective, inspirée cette année des nouvelles de Tchekhov. J'ai coécrit le texte, et je sais que Gromov, le chef du clan des fous tiré de la nouvelle *Salle # 6*, est le rôle le plus éloigné de ma nature a priori doucereuse. Je me sais plus féroce et radical que le sourire tout-terrain que je sers à tout vent. Gromov est un révolté illuminé, poète inspiré de Gauvreau, dont j'ai emprunté quelques vers brusques pour la bouche râpeuse du personnage.

Joëlle, qui fait la mise en scène de notre projet, m'offre le rôle, que j'embrasse à bras raccourcis : aussitôt, je demande à Alex de me raser la chevelure – que j'ai généreuse et bouclée – dans le vestiaire des gars, au sous-sol de l'école. La barbe pour mon numéro à *Cégeps en spectacle* a continué de gagner en volume sur mon visage – elle est à présent fournie et je passe mon temps à la gratter pour me soulager. Ma boule à zéro et la densité de ma pilosité au menton ravissent les professeurs, étonnés par cette transformation notoire. Je me découvre un crâne sexy et une masculinité presque incantatoire. Je me crois particulièrement, et mon évaluation est un retournement festif.

...

Pour clore l'année scolaire probatoire, une dernière scène, et décisive, celle-là. Scène qui peut être un tremplin ou un bûcher. Elle doit être jouée dans un français international, un « français normatif », disent les profs. Parmi les scènes, il y a du Anouilh, du Lorca, du Ibsen, du O'Neill, du Shakespeare…

Suzanne Garceau me donne le rôle d'Œdipe dans *La Machine infernale*, pièce écrite par le bien-aimé touche-à-tout Cocteau, le dandy du Tout-Paris du 20$^e$ siècle, celui-là même qui a eu le chic de naître en 1889, l'année de l'inauguration de la tour Eiffel. C'est Émilie qui joue l'adolescente de dix-sept ans se transformant en Sphinx, cet animal assassin. Nous avons une rigueur similaire, alors je suis soulagé de l'avoir comme partenaire de scène.

Lors d'un des derniers enchaînements avant l'évaluation, je me fourvoie dans mon texte. J'échange deux pronoms et deux lettres qui modifient toute la nature de mon personnage. Plutôt que de dire « Je tuerai mon père et j'épouserai ma mère », je dis « Je tuerai ma mère et j'épouserai mon père ».

Je me suis simplement fourvoyé, mais pas pour mon enseignante qui y voit plus qu'une inoffensive inversion. Elle y perçoit un inquiétant lapsus : « Tu as le complexe d'Œdipe tout fucké ! »

Les deux mêmes doléances qu'à la première session reviennent en cours de travail : « Simon, tu manques d'ancrage. Tu voles. Tu es un elfe. Tu es trop léger. Il faut que tu sois plus *groundé* » et « Ton énergie est trop juvénile. Tu es maniéré : non pas comme une femme. Tu as le maniérisme d'un enfant. »

Ma docilité m'emmène à poser des bracelets de dix livres à mes chevilles, question de me planter dans le sol. Je deviens lourd, pesant ; j'étais un 7up et je suis dorénavant un déversement de pétrole après un carambolage.

Ma légèreté me quitte au compte-gouttes, sans que rien paraisse, pareil à une fuite de gaz.

Je regarde chacun des films de Cocteau, je lis son œuvre en entier, plus une biographie fraîchement publiée, signée par Claude Arnaud, puis je me rue à l'exposition *Jean Cocteau, l'enfant terrible*, qui lui rend hommage au Musée des beaux-arts de Montréal. Ma *scolarité* a quelque chose d'à la fois charmant et épuisant. En fin de parcours, je tombe sur une phrase qui illumine toute ma formation : *Ce que le public te reproche, cultive-le ; c'est toi.*

Je l'ignore alors, mais c'est précisément pour ma juvénilité – celle hautement décriée – que j'œuvrerai pendant plus de dix ans dans le milieu du théâtre jeunesse. À la télé, ma légèreté sera un atout féroce et fréquent. Ma voix nasillarde ne m'empêchera pas de faire de la radio à Radio-Canada. Bien au contraire.

...

Lors de la première année de sa mise en ondes, en 2011, je suis invité à l'émission radiophonique *Plus on est de fous, plus on lit*, pour parler de mon recueil de poésie *Nancy croit qu'on lui prépare une fête*. Nous sommes le 31 octobre. Ma conscience halloweenesque m'empêche d'arriver habillé en moi-même. Alors, ne voulant pas détonner en étant le seul sans costume, je me pointe en chauve-souris. C'est l'inverse qui se produit : je suis la seule personne du groupe déguisée. Être costumé pour la radio, c'est tout moi.

L'animatrice, Marie-Louise Arsenault, sera saisie et m'offrira une chronique radio qui transformera ma carrière. Je ferai des centaines de chroniques qui intéresseront quelques producteurs télé pas trop incommodés par ma voix nasale.

Un auditeur m'écrira à répétition pour me dire : « Vous avez une voix reconnaissable parmi mille, jeune homme. »

À ce jour, j'ignore si c'est un reproche.

...

*Ce que le public te reproche, cultive-le ; c'est toi*, donc.

Je lis cette phrase de Cocteau, et j'ai la conviction qu'il ne me parle qu'à moi. Cette citation me solidifie un peu plus. Pourtant, en jouant sa scène finale, le stress est toujours là. La possibilité de l'échec m'angoisse : *si je ne leur plais pas à ce moment précis, les profs peuvent me congédier sur-le-champ, malgré mes résultats prestigieux en danse et en histoire du théâtre. C'est sur scène, maintenant, que tout se décide.*

Émilie propose qu'on se maquille pour notre présentation, pour nous donner des couleurs sur scène. Je n'ai pas de maquillage, alors j'emprunte un fond de teint à ma mère, qui a la peau encore plus blafarde que moi. En appliquant le fond de teint, je me pâlis de trois tons. Je suis blanc comme un drap. C'est un spectre tétanisé qui jouera Œdipe, loin du jeune homme hâlé et dégourdi qu'espérait Suzanne. Éphèbe exsangue, mort de trouille, qu'on a saigné comme un cochon. La seule chose que j'ai de grec, c'est mes sourcils que je surligne au *eye-liner* noir. N'ayant d'ordinaire pratiquement aucun sourcil, mon visage est transfiguré et inquiétant. Le noir ne met que ma pâleur en évidence.

J'entre en scène lesté de stress pour m'ancrer enfin, le crâne sanglant à force de me le faire racler par cette satanée épée de Damoclès. Mais personne ne voit le sang. On ne voit que ma pâleur de Geisha, qui contraste avec l'éclat trop intense de mon jeu.

*Brillant comme une larme*, aurait dit Cocteau pour se moquer.

Je joue la scène au plus viril de mes capacités. Je mets le paquet pour le jury dans la pénombre, mais en filigrane, on peut certainement entendre : *gardez-moi avec vous, siouplaît.*

...

*Personne ne se suicide autant que moi*, a aussi écrit mon *auto-fictionneur* préféré.

Dans sa généreuse biographie de Jean Cocteau, en près de neuf cents pages, Claude Arnaud ressuscite le créateur multiple avec majesté. Le livre paraît en 2003. Quarante ans après la mort de J. C., oui.

Arnaud est éloquent : il n'y a pas un Cocteau, mais des Cocteau(x). Artiste protéiforme et changeant, d'abord Cocteau proustien devenu Cocteau l'avant-gardiste, puis Cocteau le dadaïste avant d'être néo-classique, puis résolument féerique. En somme, *il y avait plusieurs lignes de vie dans la main de Cocteau.*

...

Pour sa part, dans son exigeante et touffue encyclopédie littéraire *Saisons de papier*, parue chez Grasset en

2016, Jean-Paul Enthoven parle de Cocteau comme d'*un intoxiqué de la métamorphose*. Mais comme le dit un proverbe persan : « Le serpent change de peau, non de nature. »

Enthoven revisite la somme de griefs que le poète spécialiste de la mutation recevait de ses détracteurs, rappelant que le Cocteau rive-droite déplaisait aux rivaux mondains (Proust et Morand) et aux dictateurs (Breton et Gide), le Cocteau avant-gardiste déplaisait aux conservateurs (son premier lectorat), le Cocteau libertin déplaisait aux dévots (Claudel et Mauriac) alors que le Cocteau grand public déplaisait à trop de gens pour les nommer. En un mot comme en mille : *trop boulevardier pour les tragiques, et trop tragique pour les boulevardiers.*

Évoquant sans doute la maxime de Picasso (*On met longtemps à devenir jeune*), l'homme de lettres résume Cocteau en disant qu'il est né vieux et qu'il a mis beaucoup de temps à devenir jeune.

Il termine son écrit, à propos de Cocteau, en disant qu'il fut *toujours perçu, par fatalité française, comme un enfant égaré dans un jeu de quilles pour grandes personnes.*

Jusqu'alors, jamais n'avais-je lu phrase plus clairvoyante de ma nature humaine : *un enfant égaré dans un jeu de quilles pour grandes personnes.*

Je suis perpétuellement en pieds de bas dans une allée luisante. Je ne compte plus les dalots que fait mon corps.

...

Les lettres d'acceptation ou de refus sont postées, mais il y a grève chez Postes Canada. Je passe la journée à angoisser dans mon appartement sur l'avenue d'Orléans. Je téléphone au cégep, je cherche à parler avec la secrétaire de l'Option Théâtre. Elle refuse de me donner une réponse de vive voix. J'interprète cette esquive comme la sentence redoutée : je suis assurément coupé de l'école de théâtre.

Les étudiants qui vivent à Sainte-Thérèse, étant passés chercher leur lettre, savent déjà s'ils restent ou non. Mais pas les Montréalais, ce que je suis alors. La direction accepte de réimprimer les missives des étudiants tenus dans l'ignorance. Je sais déjà que Guillaume, Louis-Karl, Katherine et Audrey sont remerciés. Sarah, Anissa et Maxime, pour leur part, sont promus et se proposent pour porter les enveloppes eux-mêmes aux personnes concernées. Ils partent de Sainte-Thérèse et font des haltes dans plusieurs logements. Chaque fois, ils doivent gérer des larmes, des cris ou des embrassades de leur comparse.

Mon appartement est le plus éloigné du cégep. Je suis donc le dernier à recevoir ma satanée lettre. J'attends, je tremble et je meurs.

Je ne me fais plus d'accroire : je sais que, sur la trentaine que nous étions, douze étudiants sont déjà sélectionnés pour la prochaine année, ce qui ressemble joliment à un groupe entier. Douze, oui. Treize, non. Quelle drôle d'idée, ce serait.

Sarah m'appelle de chez Mélanie, je crois, pour me dire qu'ils s'en viennent. Je suis le prochain. Cette lettre est une sentence qui m'achève, très près de stimuler le même sentiment de qui-vive précédant la révélation de mon médecin, l'année précédente. Une semaine après mon premier dépistage du sida, lorsqu'il avait ouvert mon dossier et dit : « tout est beau », j'avais eu la certitude de voir un couperet tomber, mais à plusieurs mètres de ma tête enfin soulagée.

À nouveau, je n'en peux plus d'attendre. Je demande à Sarah d'abréger mes souffrances et d'ouvrir ma lettre, ce qu'elle refuse.

— C'est *ta* lettre. C'est *à toi* de l'ouvrir.

— C'est non ? C'est pour ça que tu me le dis pas ?

— Simon, j'ai rien ouvert, juré !

— Oui, mais c'est insupportable, Sarah ! Je peux pus attendre. Faut que tu me dises.

— Désolé, mon poulet. On arrive dans quinze minutes. Si y a pas de trafic.

Je prépare les mouchoirs et les Advil ; je pressens une tragédie. Trente minutes plus tard, je n'y crois plus. La lame de la guillotine reluit partout au-dessus de moi, alors que Sarah, Anissa et Maxime débarquent dans mon appart. Mon doigt déchire tout le rabat en tremblant à l'infini. Si mon doigt était une épée procédant à un *hara-kiri*, ce serait une souffrance sans nom.

Je lis quelque part dans la lettre le mot « bravo ». Le couperet tombe. Ma tête est encore épargnée.

Je suis le treizième du groupe. Y a-t-il des possibilités que ça me porte chance ?

...

Cet été-là, j'essaie de me construire une carapace, ou à tout le moins de me fabriquer un peu de corne sur la tendreté. Nous avons tous été prévenus : l'année la plus difficile de la formation est la deuxième. Il faut se préparer mentalement.

J'essaie de me convaincre que je mérite ma place, mais de voir certains amis évincés du programme m'attriste beaucoup. Ai-je pris la place de quelqu'un d'autre ? Suis-je vraiment un comédien, ou seulement un auteur qui réclame un boa et une douche de lumière ?

En juin, j'entends parler d'un déambulatoire théâtral qui m'intrigue. Créé par Cellule Lumière Rouge, le spectacle s'intitule *Je ne sais pas si vous êtes comme moi*. Il s'intéresse à la prostitution et propose de déambuler parmi la faune hétéroclite du quartier Centre-Sud. Dans la pub, on parle de *séances d'imprégnations*. Ça me parle.

Je me rends au point de départ : un camion cube sur Ontario. On me remet un Walkman et des écouteurs dans lesquels je pourrai entendre les indications pour déambuler dans la ville. À la première halte, il y a une diseuse de bonne aventure avec sa boule de cristal, ses cartes et son sixième sens. Elle dit s'appeler Marilyne. Elle voit dans mon œil que je la trouve captivante, alors elle me fait signe d'approcher. J'obéis, comme je l'ai fait toute ma vie. Elle sonde mon âme en plongeant ses yeux dans les miens, réclame ma main et y lit des choses qui la désolent. Maternelle et colorée, elle me dit : « Toi, t'es un doux. T'es un mouton, mon agneau. Fais attention à toi. On va toute te manger la laine sur ton petit dos de frisé. »

Mes yeux se gorgent d'eau alors que Marilyne me flatte la paume comme si c'était la tête frêle d'un oiseau. Sa sentence s'imprime en moi. *M'imprègne*. Pendant tout le temps que dure le déambulatoire dans le *Red Light*, mon attention est totalement déviée. Je ne pense qu'à cette femme, ma devineresse, mon extra-lucide, mon véritable Sphinx à moi. Elle a tout saisi : je dois m'affirmer.

Trois ans plus tard, presque jour pour jour, à l'été 2007, j'emménage dans mon nouvel appartement à Montréal, maintenant que ma formation est terminée. Pendant ces années, j'ai souvent pensé à cette cartomancienne qui avait si bien lu en moi, qui m'avait sommé de me blinder, ce qui a été fait.

Un des premiers jours dans cet appart, ma coach pour mes auditions d'entrée, Graziella, écrit sur Facebook qu'elle se départit de ses cahiers *Jeu*, une revue de théâtre que j'aime beaucoup. Je me rue chez elle pour obtenir les éditions que je n'ai pas. Avec Eve, ma nouvelle coloc, nous les classons en respectant la numérotation dans la bibliothèque devant la cuisine. Je bouquine, et en parcourant la revue n° 113, je tombe sur «Marcher à la rencontre de l'autre», une analyse de la pièce *Je ne sais pas si vous êtes comme moi*. J'y apprends que Marilyne était en fait Claudine Paquette, une comédienne qui improvisait avec le public. Ma pythie jouait donc la comédie.

Mon émancipation repose en partie sur un simulacre.

...

Une vidéo circule sur Facebook où on voit un serpent avaler une proie. Le reptile se débat. Une fois avalé, on voit l'animal remuer dans le corps du serpent.

Je ne peux pas m'empêcher de voir un animal portant une peau de serpent. Le reptile est sa mascotte. Qui possède qui ?

...

Parfois, la gloutonnerie du python est exagérée, sans demi-mesure. Dans une autre vidéo, on voit le serpent n'avaler rien de moins qu'un alligator de la taille d'une respectable table à manger. Il ouvre sa gueule, comme sur les polos Lacoste d'un ancien amant ayant mieux réussi sa vie financièrement que moi – quel talent pour appartenir aux choses de la vie ; cet homme avait même le logo chic sur ses serviettes de plage.

Donc, le python attaque l'alligator d'Amérique, s'enroule autour de lui. Il l'enserre jusqu'à lui faire perdre conscience, avant de déployer sa mâchoire et de le manger. Après tout, ce serpent peut avaler des animaux cinq fois plus gros que sa bouche en une seule bouchée. La vidéo explique que de fins ligaments élastiques lui permettent de déboîter sa mâchoire. Je pense aussitôt à ma propre mâchoire, qui a commencé à émettre un cliquetis. Comme si je déverrouillais quelque chose à chaque bouchée. Entendre mes os me rassure. J'aime tout entendre de mon armature, dont cet os de bassin qui couine à chaque grand battement. Ma poulie est superbement rouillée et j'étends exclusivement des vêtements de seconde main sur mon corps – oriflammes de ma conscience écologique.

Le python peut avaler des animaux sans les mâcher, et les digérer tranquillement les jours suivants. Il glisse au sol pour entamer sa digestion, qui ne vient pas. « Car ce n'est pas parce qu'un python peut avaler un alligator en entier qu'il a raison de le faire ». Le reptile Lacoste perce l'estomac du serpent ; il ne reste plus que deux cadavres emboîtés. « Ce péché de gloutonnerie a été mortel », dit la narratrice.

...

Je suis sauf, oui. Je passe en deuxième année, donc je recommence à respirer. Je me trouve un appartement à Sainte-Thérèse pour que ma vie ne s'articule qu'autour de cette école. Plus de distraction possible : je ferme la radio et n'apporte aucune télé. S'entame une vie d'ascète et de rigueur, la plus sombre et triste de ma vie d'adulte.

Je ne veux qu'une chose : que Catherine Bégin, mon exigeante prof de grammaire de la diction et de tragédie classique, m'aime. Ça ne fonctionne pas. Ça me prendra plusieurs années avant de gagner son respect – je la dirigerai en 2011 (deux ans avant sa mort) dans une mise en lecture que je ferai au Théâtre d'Aujourd'hui d'un texte de Pierre-Yves Lemieux, *Lapin et compagnie*, et après la représentation, elle me prendra en retrait dans sa loge pour me dire ce qu'elle pense de moi et réussira à m'émouvoir aux larmes.

Pour l'heure, dans son dos, je l'imite constamment. Je copie les inflexions et les modulations enchanteresses de sa voix. Sa voix Jeanne Moreau m'obsède. Dès le premier cours, elle nous met en garde : « Parfois, notre rigueur nous emmène à nous couper de la famille. J'ai choisi de parler un français élégant, et certaines personnes de mon entourage se sont éloignées de moi. C'est mieux ainsi. »

Son savoir coule en moi et y demeure, comme une cimentation qui me rend pesant. Sa dénonciation des pataquès (*pas-t-à qui est-ce*), ces fameuses liaisons interdites, dites *mal-t-à-propos*. « *Elle s'en va-t-à Paris!* ou encore *J'y vais moi-z-aussi!*, tout ça est d'une horreur sans nom. » Je porte en moi toute une sédimentation de bonne prononciation, des réflexes agaçants que je tais pour ne pas sembler élitiste. Le « o » ouvert de « porte », plus près du « a » que du « o ». Le « o » bien fermé de « lotion », « potion », « notion », « dévotion », « commotion » et « promotion », car il est suivi de la syllabe « tion » (qui se prononce alors « cion »). La phonétique du mot « gageure », dont l'orthographe est un guet-apens. Autre embuscade : le « m » final de « dam ». L'étonnement de devoir maintenant dire « à mon grand dam », comme le mot « dans ». Élider éternellement le « e » médian de « cimetière » ou « cafetière ». Le « g » qui devient un « k » devant une voyelle. Ainsi, il faut dire un « lonk été », plutôt qu'un « long été ».

Je la revois aussi rabrouant l'actrice Isabelle Huppert qui, dans ses films, sème à tout vent des « je sais » avec le « ais » de « j'avais », plutôt que des « je sais » avec le « ai » de « j'aurai ».

Catherine devient prescriptrice de ma langue maternelle. Je déplie ce que ma mère a fait de moi – jeu d'origami en faux plis – et me replie selon les désirs de ma maîtresse. Je ne me doute pas alors que je ne prendrai pas la même décision que Catherine (avec cette idée de déchéance d'autorité linguistique parentale) et que bientôt, je me replierai comme je l'entends, obéissant à des vents plus émotifs, embrassant largement l'argot de ma mère.

Dans ses cours de théâtre, curieusement, Catherine aime les instinctifs plus que les intellectuels. Elle me voit appartenant à la seconde catégorie.

Un jour, alors qu'elle nous partage son amour pour Racine – amour que je ressens vivement – elle nous explique qu'à l'époque du dramaturge, les anacoluthes étaient acceptées, et même perçues comme une figure de style. Et en guise d'exemple, ces deux alexandrins tirés des *Plaideurs* :

> *Ma foi, sur l'avenir bien fou qui se fiera :*
> *Tel qui rit vendredi, dimanche pleurera.*

Seulement, pas une fois elle ne nomme le mot « anacoluthe ». Elle parle simplement d'une rupture dans la construction syntaxique du vers ou de la phrase, qui vient en perturber sa compréhension ; elle parle de disparition de l'élément corrélatif, mais n'utilise nulle part le terme que j'ai bien appris dans mes études littéraires. Sans pédanterie – du moins dans mon souvenir – je suis tout fier de nommer le mot précis.

— Catherine, tu parles d'une anacoluthe ?

— Hein ? Anaquoi ? Mais non, c'est quoi ça, une ana-machin ?! Non !

Je hausse les épaules, me range derrière son savoir. Mais à la pause, je la vois fouiller dans le dictionnaire, joli prolongement de son corps. Et dès le retour de tous ses étudiants, la voilà qui écrit fièrement au tableau le mot dédaigné plus tôt, sans un merci à mon endroit, et encore moins des excuses.

— Alors, tout le monde, vous allez écrire le mot « a-na-co-lu-the ».

Voilà du Catherine pur jus.

Il y a aussi cette fois où elle nous fait lire *Mitsou ou Comment l'esprit vient aux filles*, de Colette, qui me séduit férocement, en ajoutant qu'« à l'époque, on mettait de grands tapis sur les tables ». Ma candeur prend le relais :

— Ah oui ? Des tapis sur les tables ? que je dis, plein de sourire dans la voix.

— Simon, tu n'as jamais vu un tapis sur une table ?

— Non...

— Bon sang, mais sors de chez toi ! Va au cinéma !

— Je vais au cinéma et je n'ai jamais vu un tapis sur une table...

— Un tapis, un tapis... Ben... une nappe ! me crie-t-elle à la tête.

Peut-être croyait-elle que je la piégeais, mais j'étais une éponge qui absorbait chacun de ses mots.

Je la revois aussi affirmant des choses brutales – et parfois erronées – à des camarades de classe, son célèbre thermos à la main avec ses deux éternelles pailles rouges pleines de grumeaux ou de marc de café. « Jean-Jacques, je peux jurer la main sur la conscience que tu ne lis pas. Tu n'as aucune culture. » Ou encore : « Maxime, si tu fais ça en scène, tu perds toute crédibilité », en s'introduisant par accident une paille dans la narine, ayant manqué de peu sa bouche.

Le tout avec cette voix de cigarette tour à tour voluptueuse et charmeuse.

Quelques années plus tard, dans un salon du livre au Saguenay, Robert Lalonde, qui était au Conservatoire à la même époque que Catherine, me dira à quel point elle a su se construire en mimétisme avec Jeanne Moreau : elle a appris à salir et à écraser une voix de jeune fille pour s'en créer une de femme sensuelle, charnelle.

Catherine Bégin s'est bâti un mythe. Encore aujourd'hui, elle occupe une place enviable dans ma mythologie personnelle.

...

J'ai aussi Johanne Fontaine comme professeure. Elle s'occupe de la comédie classique. Immédiatement, il y a réciprocité : je l'aime et elle m'aime, des épousailles qui durent jusqu'à sa mort, en octobre 2018, un mois après qu'on se soit enlacés dans les coulisses de l'émission *Les Dieux de la danse*, où nos deux enregistrements se suivaient.

J'aime spontanément cette femme sans filtre. Elle me fait penser à ma mère, avec sa truculence et ses éclats de voix. Il y a en elle une gamine en quête d'attention : *regardez-moi comme je vis, regardez-moi, allez, et profitez-en donc pour m'aimer aussi.*

À Sophie et à moi, elle nous donne comme scène *Les Amoureux*, de Goldoni. Sophie a une démarche d'actrice, déjà. Elle observe autour d'elle. Elle cherche à capter l'essence des gens et à la reproduire. Elle emmagasine, dérobe certains tics, se les approprie, et les restitue aux personnages qu'elle joue. Mais il y a alors une absence de confiance, chez elle. On ignore tous qu'elle sera l'actrice la plus sollicitée de notre cohorte, et ce, dès sa sortie d'école.

Sophie est la plus jeune de la classe, et je la vois comme une petite sœur. Notre complicité est évidente. Nous jouons des amoureux qui s'entredévorent. Là où il nous manque de feu et de rage, il y a de la tendresse et un amour sincère. Notre évaluation est près de la catastrophe. Les juges – l'entièreté du corps professoral – n'y ont pas cru.

Johanne me prend à part : « Mais moi, Simon, je t'ai aimé. »

Je pense aujourd'hui : *Moi aussi, Johanne. Moi aussi.*

...

Il est de bon ton que le personnificateur de mascotte se tienne les bras dans les airs, pour être vu de loin. Pour qu'elle soit dans l'action, dans la vie. Pour qu'elle soit *habitée*.

J'ai été fabriqué pour mimer la joie, les bras en V, en signe de victoire factice. Je me suis toujours pris pour un chef d'orchestre, coordonnant une parodie d'enthousiasme. Je peaufinais des réceptions de saut de gymnaste ; je m'épargnais l'acrobatie, ne faisais que les bras tendus au sortir d'un salto fantasmé.

Johanne Fontaine professait : « Les filles, ayez toujours les coudes levés à la hauteur de votre poitrine corsetée. » Je regardais Larissa avec envie jouer son Feydeau les bras vers le haut, comme dans un manège. Je voulais jouer la légèreté, je campais un amoureux morose, démoralisé.

Je pense à Marjo, chanteuse effervescente aux coudes éternellement suspendus. Puis je me regarde, à *Cette année-là*, ma pulsion de toujours en faire de même. Cet élan instinctif, comme si j'étais un pantin et que des fils invisibles me tiraient vers l'euphorie.

Des téléspectateurs m'écrivent pour me partager leur agacement, face à ma joie ostentatoire.

*Baisse les bras, Simon. Il n'y a rien à célébrer.*

...

« La tristesse durera toujours », dit Van Gogh *après* son suicide – ou après son amorce –, alors qu'on tente de le sauver. De mon côté, c'est ma joie qui semble éternelle, même si je m'autorise les larmes quotidiennement. Je me vidange chaque jour ; ma joie est traversée de fulgurants chagrins que je polis méticuleusement.

En plein cours de comédie, Johanne prononce la toute première ces mots à mon endroit : « mon bipolaire ». J'ai vingt-deux ans et ne connais rien à la bipolarité. Ma prof a cette vision de moi, elle m'a vu en une journée passer du rire aux larmes. Alors que je vivais, simplement.

Elle trouve mon rire tonitruant et contagieux – « un fracas de casseroles ». Mon rire, oui, est une chute de batterie de cuisine, suspendue en carillon céleste. Mon rire est une chute. D'ailleurs, parcouru d'un rire, mon corps n'a plus de tonus et cherche un appui. Je me retiens, hilare parfait, sur les épaules de mes amis. Mes collègues de classe se poussent de moi pour me voir m'effondrer comme une marionnette molle, traversée par un rire – il n'y a en moi de tonique que ce rire effroyable. Je suis fui, mais non répudié. Pas de haine dans cet éloignement. L'amour complice : me voir chuter dans un rire.

Je passe de la détresse à l'enchantement avec célérité. Je louvoie entre toutes les possibilités avec sérénité. Il y a toujours en moi des voix qui me tirent vers le bas, d'autres qui m'élèvent, et je suis en paix dans cette fluctuation d'états.

Rilke écrivait : *Ne m'enlevez pas mes démons, vous emporteriez aussi mes anges.*

...

Et il y a mon amour infini pour les chansons tristes. La voix de Safia Nolin, celle d'Eva Cassidy, celle d'Anohi… Toutes ces voix qui vous fissurent un peu.

Nina Simone qui reprend la chanson *Stars*, de Janis Ian : je pourrais l'écouter en boucle toute ma vie. Nina parle d'elle sans faux-semblant lorsqu'elle chante que les étoiles vont et viennent. *Vous ne voyez que la gloire. Mais il y a tant de solitude.*

J'aime mes larmes. J'ai toujours trouvé que je pleurais d'une jolie manière, à tout le moins avec une sincérité crédible. À ce propos : je trouve ça navrant, les gens qui pleurent faux, alors que leur chagrin est réel.

Pleurer est une forme de nettoyage. Je me lave chaque jour pour que ma joie éclabousse de partout en public. Je suis bien élevé.

Dans *Bleuets*, recueil d'observations liées à son obsession de son amour pour la couleur bleue, la poète américaine Maggie Nelson explique qu'il lui arrive de pleurer jusqu'à se vieillir. Une de ses amies l'a éclairée et réconfortée sur ses crises de larmes : *nous pleurons parfois devant la glace non par auto-apitoiement mais parce que nous voulons être vus dans notre désespoir.*

J'ai longtemps pleuré de n'être pas choisi. Je consultais les programmations des théâtres qui m'excluaient toutes. Je n'étais pas vu en audition, ou si peu.

Mon chagrin viendrait-il de mes attentes élevées ? Shopenhauer affirme qu'*en général, nous trouvons les joies au-dessous de notre attente, tandis que les douleurs la dépassent de beaucoup.*

En tous les cas, l'écriture m'a sauvé. Je me suis donné les mots que les autres ne m'ont pas offerts. Ils n'avaient pas à le faire de toute façon.

Merci de votre dédain : je me suis solidifié autrement.

...

Janis Ian m'obsède, cette artiste précocement douée, à la manière des prodiges Radiguet et Sagan. Rapidement, Janis change de nom (Ian est le prénom de son frère) et écrit ses premières chansons. À treize ans, elle crée *Society's Child*, qu'elle enregistre trois ans plus tard, en 1966, et qui sera intronisée aux Grammy Hall of Fame en 2001. Elle y parle du couple interracial qu'elle forme avec un ado noir, tabou étincelant pour l'époque.

Puis, en 1974, à vingt-trois ans, elle sort la chanson *Stars*, qui sera reprise notamment par Roberta Flack, Cher et… Nina Simone. L'année suivante, son célèbre *At Seventeen* devient un classique instantané. Elle y chante l'histoire d'une fille solidaire et lucide qui se trouve laide – une véritable Violette Leduc – et qui, pour rassurer ses parents, s'invente un amoureux au téléphone. Janis Ian remporte son premier Grammy à vingt-quatre ans, donc, pour cette chanson que j'ai découverte grâce à Marie Denise Pelletier.

...

Je trouve le plus récent livre de Maggie Nelson alors que je bouquine dans une librairie montréalaise. L'heureuse errance parmi les bouquins, propice aux découvertes accidentelles : voilà ce qui manque à Amazon.

Selon une enquête très fouillée du Center for Investigative Reporting, il y aurait un autre visage d'Amazon : le taux d'accidents de travail y serait deux fois et demie plus élevé que la moyenne aux États-Unis. Pourquoi ? Parce que la productivité est poussée à un niveau effarant, selon les employés interrogés – jusqu'à

385 items traités à l'heure, sous peine d'être licencié. L'arrivée de robots, qui devait soulager la cadence, aura fait le contraire. Alors, ce sourire sur la boîte – une flèche souriante – serait-il aussi une façade ?

Un sourire en forme de mascarade.

...

Pour alléger ce début d'année scolaire étouffant comme un corset et lourd comme des cothurnes de sept lieues, je me magasine une audition pour incarner un des personnages halloweenesques de La Ronde. Quand je suis finalement convié, il ne reste que le Roi Vampire à attribuer.

On m'offre le rôle, même si c'est un contre-emploi. J'ai le dégoût du sang : je ne peux me résoudre à croquer des capsules sanguinaires, faute de haut-le-cœur. « Mais c'est non toxique, Simon. » Peu importe, je ne peux pas. Appliquons ça à mon animation. Parfait : je m'appellerai Plasma, le Roi Vampire qui a horreur du sang.

J'ai également un dégoût prononcé pour la colle qui fixe nos fausses canines. Parfait : mes canines déjà pointues et proéminentes suffiront. Elles compléteront le personnage de roi décalé. Mon Dracula de pacotille charmera plusieurs visiteurs.

De peine et de misère, toutefois, je me chausse les yeux de lentilles cornéennes blanches, rendant mon iris d'un bleu très pâle. Avec le costume de taffetas rouge et ma perruque Renaissance, l'effet est saisissant. Mon Dracula semble échappé du film *Barry Lyndon*, de Kubrick, voire du vidéoclip *Libertine*, de Laurent Boutonnat, pour la chanson de Mylène Farmer.

Un jour, une fillette se met à pleurer en me regardant. Sa mère la console : « Mais ma chérie, c'est un comédien. C'est pas ses vrais yeux, ni ses vraies dents. »

Je suis incapable de ne rien répliquer. Blessé, je lui chuchote avec une voix que je souhaite horrifiante : « Oui, madame, ce sont mes vraies dents. »

Et pour ça, je vais vous mordre au sang.

...

À l'école, dans le cours de théâtre masqué, Johanne Benoît nous révèle la beauté des masques. Le plus petit masque est le nez de clown. Le loup, le second. Les masques de la commedia dell'arte couvrent le front jusqu'à la bouche. Puis les masques neutres ou les larvaires avalent le visage en entier, ne faisant vivre que le corps de l'acteur.

La mascotte incarnerait donc le masque le plus vaste : elle avale jusqu'au torse de l'acteur, le réduisant à néant.

...

En tragédie classique, Catherine Bégin m'offre un rôle de taille : Achille, dans *Iphigénie*, de Racine. Je jalouse mes consœurs : mon cœur bat davantage pour la douce complexité de Bérénice, la passion de Phèdre, la colère désespérée de la Médée de Corneille.

Chaque fois que je tente de montrer la sensibilité ou la vulnérabilité d'Achille, le guerrier, Catherine me retient. « Achille est un bloc. Tu entres en scène en furie et tu sors de scène en furie. »

Puis-je remplir cette rage, comme des bottes militaires disproportionnées ? Puis-je honorer la hargne d'Achille ? Romain Gary disait de son amoureuse, la comédienne Jean Seberg – celle-là même qui jouait l'alter ego de Sagan dans la version cinématographique de *Bonjour tristesse* –, que son visage n'était pas fait pour la haine. Eh bien, le mien non plus.

Catherine aimerait que les veines de mon cou pulsent. Je pense souvent au bouquet de veines de Bruno Pelletier quand il chante *Le Temps des cathédrales*, dans *Notre-Dame de Paris*. C'est une des choses les plus érotisantes que j'ai vues de ma vie. Mais mes veines de cou ont la timidité de la biche. Devrais-je me poser un garrot autour du cou pour jouer ma scène comme l'entend mon enseignante ?

Quelques jours plus tôt, avant de faire la distribution des rôles, elle nous avait demandé de lui dire, en privé, si un rôle nous tentait. N'osant pas lui parler de Bérénice, j'étais allé lui confier qu'Antiochus me touchait spécialement. Antiochus aime Bérénice qui aime Titus qui ne l'aime pas... Sa déception amoureuse trouvait écho en moi. Mais Catherine s'était opposée ferme : « Non, Simon. Antiochus est beaucoup trop près de toi. Je vais t'emmener ailleurs. »

Elle avait prévu m'emmener à la guerre, oui.

Un jour, en répétition, mes larmes montent. Elles n'appartiennent pas à Simon, mais bien à Achille. C'est du moins ce que je crois. Catherine refuse ces larmes : Achille ne pleurerait pas.

Je prends mon trou et pleure en retrait, en tant que Simon. Pascale entame à présent sa scène. Elle joue la colère d'Émilie, ce puissant passage où elle invective Cinna. Sa voix craque chaque fois lorsqu'elle arrive à cet alexandrin, l'un des plus beaux de Corneille : « Je t'aime toutefois, quel que tu puisses être. »

Toute la classe pleure devant tant de sincérité. Ce vers est du cousu main pour l'émotivité de Pascale. Ma puérilité remplit l'écho de mon esprit : mais pourquoi on ne m'offre pas la chance de craquer, moi aussi ?

...

Lors d'un autre cours, Catherine professe : « Vous devez jouer en tenant compte de ce que dit votre masque. Votre visage, même au neutre, dit quelque chose. Simon, tu dois être conscient de ton sourire. Quand tu souris, c'est tout ton visage qui sourit. » Elle ajoute : « Si tu dois jouer la joie, ne fais presque rien. Si tu dois jouer la colère, il faut aller puiser creux en toi. »

C'est le même principe que la mascotte : elle travaille pour nous. Elle égaye sans que nous nous impliquions outre mesure, puisque la neutralité d'une mascotte est souriante.

J'ai la neutralité d'une mascotte.

...

*J'ai vu une excellente photo de toi voilà quelques semaines, je ne me rappelle plus dans quel média, où tu ne souriais pas à pleines dents. C'est reposant pour les yeux de ne pas voir tes gencives.*

Le courriel me vient d'un collègue écrivain. Alors, mes gencives seraient des éclipses de Soleil qui ruinent la vue ?

Mes gencives sont découpées dans de la lumière aveuglante.

...

Dans ma classe, on parle de faire un stage de théâtre en France. Il me faut un passeport pour mon premier voyage en Europe. Je passe au Jean Coutu de Notre-Dame derrière chez moi pour la prise de photo, format réglementaire et certifié.

Je me rends ensuite au Complexe Guy-Favreau avec une certaine excitation : celle d'appartenir au monde, de voyager enfin comme une grande personne. Mais Passeport Canada refuse ma photo sous prétexte que je souris trop. La photo standardisée est répugnée : on m'invite à la refaire au même Jean Coutu, celui dans lequel une employée a manqué de jugement.

— Elle aurait dû vous dire que ce genre de sourire est inapproprié, et prendre une nouvelle photo.

— Mais je ne souris pas, monsieur.

— Oui, vous souriez. Vous devez être sobre sur la photo, dit le préposé avec une condescendance ostentatoire.

— Mais je suis sobre.

Je me traîne les pieds au Jean Coutu. C'est une autre employée qui a pris le relais des photos. Elle confirme : « Oui, y a trop de sourire pour Passeport Canada. »

Elle installe son matériel, sa toile de fond blanche et le tabouret dans une allée de la pharmacie. Elle me donne des notes de jeu.

— Pensez à quelque chose de triste ou de fâchant.

Je pense au préposé condescendant de Passeport Canada. Je m'imagine frotter vivement la palette de ma casquette dans son œil de dédain, je m'imagine lui brûler la rétine, lui décoller la cornée. Je vais puiser creux en moi toute ma méchanceté. Ça fonctionne, j'ai l'air sobre.

Penser à faire du mal à quelqu'un serait-il ma seule manière d'avoir l'air neutre ?

...

Comme un enfant, je suis attiré par les gens souriants.

Sagan, née Françoise Quoirez, est une autrice que j'aime autant pour la petite musique de son écriture que pour son petit sourire. À la publication de son premier roman, en 1954, puisqu'ils sont les seuls Quoirez de l'annuaire, le père de Françoise a peur de voir sa famille harcelée, alors il lui propose de prendre un pseudonyme pour brouiller les pistes. Françoise, qui adore déjà Proust, choisit le nom du prince de Sagan.

L'écrivaine considérait l'humour comme le meilleur antidote à la morosité de la vie, trouvait que la plaisanterie se perdait. Dans *Avec mon meilleur souvenir*, un livre que Bernard Pivot qualifiait de «bon et gai», elle révèle qu'elle opposera *toujours au destin, quels que soient ses coups ou ses caresses, un visage souriant, voire affable.*

Dans une entrevue virale et délicieusement décalée sur YouTube, on peut la voir interviewée par Pierre Desproges, humoriste réputé pour son sens de l'absurde. L'entrevue, qui a lieu au cœur des années 1970, est diffusée dans le cadre de l'émission *Le Petit Rapporteur*. L'interview ne va délibérément nulle part, mais pas une fois Sagan ne montre de l'impatience. «Comment ça va, la petite santé ?» ouvre un bal de questions ineptes et hors de propos. L'écrivaine alors trentenaire conserve son affabilité tout du long.

Rien d'étonnant : quelques années plus tôt, jugeant son humour trop acide, le patron avait voulu congédier Desproges du journal *L'Aurore*, lui qui y tenait la Rubrique des chats écrasés. Sagan lui avait évité ce licenciement en écrivant une lettre au journal dans laquelle elle disait n'acheter *L'Aurore* que pour les brèves insolites de Desproges. Voilà Sagan.

Dans *Réponses 1954-1974*, l'éditeur Jean-Jacques Pauvert façonne un livre à partir de vingt ans d'interviews de Sagan. À propos du mythe qu'elle se bâtit à travers ses vices, l'argent, le whisky, les boîtes de nuit, les voitures, le casino, elle dit ceci : *J'ai porté ma légende comme une voilette... Ce masque délicieux, un peu primaire, correspondait chez moi à des goûts évidents : la vitesse, la mer, minuit, tout ce qui est éclatant, tout ce qui est noir, tout ce qui perd, et donc permet de se trouver.*

Plus loin, elle ajoute : *C'est uniquement en se colletant avec les extrêmes de soi-même, avec ses contradictions, ses goûts, ses dégoûts, ses fureurs, que l'on peut comprendre un tout petit peu, oh, je dis bien un tout petit peu, ce que c'est que la vie.*

J'aurais tant aimé jouer Achille, un guerrier en larmes.

...

*Cocteau était de la race du verre, Radiguet était de la race du diamant,* écrit Claude Arnaud.

Par l'intermédiaire de Max Jacob, les deux écrivains se rencontrent pour la première fois en 1918. Cocteau a trente ans, Radiguet en a quatorze. Pendant cinq ans, leur amitié sera précieuse et leur complicité constante.

Jusqu'à la mort de Radiguet, d'une fièvre typhoïde mal diagnostiquée, en 1923.

Cocteau était le mentor de Radiguet, ce qui ne l'empêche pas d'affirmer qu'il avait deux maîtres à trente ans : Satie, soixante ans, qui lui apprenait à écrire sec, et Radiguet, un adolescent qui lui apprenait à ne pas contredire les habitudes mais l'avant-garde, et qui lui disait : « Il faut courir plus vite. »

Radiguet a couru rapidement. À dix-sept ans, il écrit son premier roman, qui sera publié par Grasset l'année de son décès : *Le Diable au corps.*

Pour sa part, Sagan, surnommée *le charmant petit monstre* ou *le Radiguet en jupon*, celle qui lit tout Cocteau l'été de ses douze ans, écrit son premier roman, *Bonjour tristesse*, dont le titre est un vers volé à Paul Éluard, à dix-sept ans, elle aussi.

Les premières œuvres de Radiguet et de Sagan seront portées aux nues et feront un heureux scandale.

Moi, à quinze ans, je vois mon premier manuscrit refusé à La courte échelle et chez Québec Amérique. Rétrospectivement, ces refus me rassurent, mais à l'époque, ces nouvelles avaient été accueillies avec un chagrin aussi vaste que mon incompréhension. Je me croyais diamant ; j'étais un émiettement de pierreries en toc sur un diadème du Dollarama.

Récemment, lors d'un événement de lecture publique, on m'a invité à lire un extrait de mon tout premier roman. Plutôt que de partager des passages des *Jérémiades*, publié en 2009 alors que j'avais vingt-sept ans bien sonnés, j'ai lu un humiliant chapitre de *Dans ces grands champs de larmes*, roman répudié par les maisons d'édition. Un texte aussi pompeux que son titre, et dont l'écriture est d'une maladresse mi-attachante, mi-agaçante.

...

Quelques jours avant que la pandémie soit déclarée par l'OMS (j'entends toujours un orchestre en voyant cet acronyme victime d'une anagramme mentale), je me rends dans le Michigan, en mars 2020, pour donner des conférences sur ma littérature enfantine. Je débarque de l'avion encore bouleversé : un douanier revêche – pléonasme ? – m'a malmené avant mon vol, à Montréal. « Why you ? Are you famous ? » En souriant, dans mon anglais approximatif, chambranlant comme un fildeffériste alcoolisé, j'ai démenti l'idée. Mon humilité ne lui a pas plu ; il m'a gardé une heure quinze avant de me googler, puis de me permettre de courir jusqu'à ma porte d'embarquement.

Mélissa, l'organisatrice de ce projet, vient me cueillir à l'aéroport métropolitain de Détroit. Je lui parle de la dureté du douanier, de son acrimonie radioactive. Mélissa me dit que je ne pourrais jamais être douanier. Je confirme, puis me rétracte : « Oui, mais je peux avoir l'air d'un assassin. Sur mon passeport, j'ai un regard de tueur. »

Je lui tends mon passeport comme une pièce à conviction. Elle éclate de rire. « Mais non, voyons ! Tu as l'air si doux ! »

Je plonge mon regard dans le mien. Pas d'accord. Je suis un tueur.

...

Le premier cours dans lequel je frappe les esprits, à l'école de théâtre, c'est celui de clown, offert en 3$^e$ année.

C'est celui qui m'était le plus anxiogène, et c'est au final celui dans lequel je me démarque. Ma spontanéité sert mon clown qui, selon Jackie Gosselin, notre enseignante, ne vit que dans le moment présent.

Pour me permettre de sincères accidents de parcours, je décide de parler en anglais. Cette idée est payante : je ne force rien et les rires fusent dans le public. Je finis par chérir l'absurdité de mon bilinguisme.

Pour le spectacle, avec Maxime, je concocte un numéro risible : mon partenaire joue Jacques, un golfeur français excité à l'approche d'une fête foraine. Une kermesse, dit-il. Moi, j'incarne un scientifique anglophone qui adore les *tombolas* (prononcé à l'anglaise). S'ensuit une chamaille linguistique entre lui et moi : faut-il dire « kermesse » ou « tombola » ? Ma joie effervescente finit par épuiser Jacques, que j'appelle Djelke. N'en pouvant plus de m'entendre chanter en voix de tête la chanson *Au nom de la raison*, de Laurence Jalbert, il en vient aux coups. Avec son étui à bâton, un cylindre de plastique léger comme tout, il se met à me frapper la tête, ce qui nous fait rire, autant l'un (moi) et l'autre (mon personnage de scientifique anglophone). « *Hahaha! You're so funny, Djelke!* »

À chaque enchaînement, notre numéro est un *hit*. Mes collègues de classe aiment me voir manger des coups de bâton, sans doute car eux-mêmes sont tannés d'entendre l'étendue atroce de ma voix de tête. *Faites-le taire, oui.*

Le soir de la première, j'ai « le public dans ma poche », comme dit Jackie. Il rit à chacune de mes bévues. Mais au moment où Maxime se met à me frapper la tête, les rires stoppent net. Maxime ne comprend pas.

De représentation en représentation, le même scénario se reproduit. Max finit par déduire ceci : « Je peux plus te frapper ; le public t'aime trop. Les spectateurs te trouvent attachant. Ils me détestent si je te frappe. »

C'est un tournant dans ma formation. Pour la première fois en trois ans, j'ai l'impression que mes épaules viennent de s'élargir.

...

Je suis aussi en 3ᵉ année à l'école de théâtre quand le bruit circule : on recrute des acteurs « physiques » pour incarner les Boules Loto-Québec, des mascottes d'où seul émerge le visage du personnificateur. J'envoie mon CV sans y croire, mais je surligne néanmoins mes cours de ballet classique, de commedia et de mime, tous préalables à ma formation actuelle. Mon initiative est récompensée ; je suis invité en audition. Je suis le seul de ma classe à y être convié. Je me répète en boucle : *Tu le mérites, Simon, tu n'es pas un imposteur.* J'y crois presque.

*Mais Simon, tu le sais : tout se saura.*

À l'audition, outre les chorégraphies simplistes apprises les doigts dans le nez, je dois incarner, à l'aide de mon faciès, l'éclatement d'un maïs soufflé. Mes joues, mes sourcils, ma bouche, tout participe à évoquer l'éclosion d'un *pop-corn*. Sonorement, on nous limite au grommelot, ce fameux charabia d'onomatopées, langage macaronique très répandu dans le théâtre satirique.

Fred, un comédien spécialiste du théâtre de rue, nous dirige, puis salue mon grommelot évocateur. Ce sont ses mots : « ton grommelot est évocateur ». Dépouillé de mon vocabulaire, je parviens à énoncer clairement des choses nouvelles. Mes interjections sont peut-être plus précises que mon champ lexical acquis à la faveur de mes lectures ? Camus, Kundera, Leduc, Beauvoir, merci, mais ce n'était pas suffisant. Mon langage facial, excavé à même les répertoires émotionnels de Jim Carrey et de Charlie Chaplin, à la plasticité élastique d'un Michel Courtemanche, supplante ma littérature.

Fred et ses supérieurs sélectionnent peu d'acteurs, et je fais partie des élus. Je tombe théâtralement en bas de ma chaise, me relève, puis commence les répétitions au studio Bizz devant le métro Mont-Royal. Je me sens appartenir à une confrérie de saltimbanques contemporains. Certains sont des as de l'improvisation. J'en ai applaudi plusieurs sur scène, j'ai jalousé leur imaginaire foisonnant et leur répartie de drag queen. Dans le lot, trois acteurs de télé dont je connais chaque angle de leur CV. Je tempère mon admiration et me fais croire que je les vaux. Mais je sais que je ne les vaux pas. Presque tous sont plus habiles, talentueux et drôles que moi – deux seulement sont moins divertissants que moi, et je les méprise secrètement pour ça. J'ignore comment je suis parvenu à me greffer à ce clan chéri, à cette élite du rire. Il a dû y avoir une erreur : comment puis-je être des leurs ?

...

La consigne est claire : « Vous ne devez pas parler pour ne pas tuer la magie. »

De quelle magie est-il question ? Peu importe, j'adhère au silence. Je suis inapte avec la parole. Je suis meilleur dans les sourires d'empathie. Ça me va, que mes animations se résument à des chorégraphies guillerettes. Guilleret : le mot servi pour me définir au questionnaire de *Plus on est de fous plus on lit*, format cabaret, lorsque j'ai été l'invité de la semaine.

Je me tais et c'est là que je semble le plus chargé. Suzanne disait bien que «la présence scénique dépasse les mots». Et pour être présent, ça, je le suis.

Le problème est là : quand je parle, il y a une telle générosité encombrante que ça se bouscule au portillon, ça déferle en furie, les mots affluent, poussent les uns sur les autres, se piétinent, s'escamotent, s'amochent. Ma parole est une ouverture de Walmart un jour de *Black Friday*, ou de Costco, à la suite d'une annonce de pandémie.

Suis-je plus moi-même dans mes logorrhées ou mes silences ?

...

Depuis 2010, quand je pense à une présence scénique muette, je pense toujours à Marina Abramović assise devant des visiteurs du MoMA à New York. Pendant deux mois et demi, soit 700 heures, l'artiste serbe s'est installée en silence devant eux en les regardant frontalement, sans détour. Rien de plus : paisible, avec son sourire à la Mona Lisa. Elle était dans le moment présent et accueillait l'autre par les yeux. Par la force de ce regard *habité*, *chargé*, bon nombre de visiteurs éclataient en sanglots.

Il y a quelque chose de foudroyant même dans la sérénité.

Dans le journal *Libération*, un maquilleur new-yorkais, Paco Blancas, qui s'est assis quatorze fois devant la grand-mère de l'art performance, a révélé :

« S'asseoir en face d'elle est une expérience qui transforme, c'est lumineux. Elle presse le bouton qui fait sortir toutes les émotions. »

La performance s'intitulait *The Artist Is Present* et s'inscrivait dans une rétrospective que lui offrait le musée. Plusieurs *stars* n'ont pas eu à faire la queue pour qu'Abramović plante son regard serein dans le leur: Isabelle Hubert, James Franco, Lou Reed, Sharon Stone, Isabella Rosselini… Mais la plus belle rencontre est certainement celle avec Ulay, l'artiste allemand qu'elle a connu au milieu des années 1970. Pendant une douzaine d'années, ils ont vécu d'amour et de création. Ils se sont ensuite perdus de vue, travaillant dorénavant en solo. Leurs retrouvailles lors du vernissage au MoMA, sur ces sobres chaises en bois, en pleine performance, est une des plus belles manifestations artistiques et humaines que j'ai vues de ma vie.

C'est l'unique fois où c'est Abramović qui a pleuré, et non le visiteur.

...

La Boule est une mascotte partielle: mon torse est masqué, du cou à la cuisse, par une grosse boule blanche. Émergent deux jambes et deux bras bleus, rayés de blanc, avec quatre doigts par main. Émerge aussi ma tête peinturée de blanc, lèvres bleues. Tête de mime noyé, chapeautée comme un père Noël bleu. J'arbore les couleurs de Loto-Québec, mon employeur, et je me souhaite bonne chance pour tout ce qui s'en vient.

Il m'arrive une chose exceptionnelle: je suis aimé. Nicolas, notre régisseur qui nous suit partout, me trouve drôle, mes collègues de travail aussi. Je me sens sur mon X dans cette posture d'amuseur public.

Je passe l'été 2006 à faire irradier mon enthousiasme. C'est le mot énoncé par Noël Moisan, primo-Bonhomme Carnaval. Il faut que la mascotte soit enthousiaste, qu'elle ne se laisse pas abattre, qu'elle aime la vie et les gens.

Je suis un leurre sur deux pattes avec ma sauvagerie originelle.

Moisan a raison lorsqu'il parle de l'exigence physique que requiert l'acteur de mascotte. Amplifier les gestes, avoir des qualités de danseur, une élégance, même au centre de ce Bonhomme de 7 pieds qui évoque les 300 livres bien sonnées. La danse doit être assez évocatrice pour qu'elle ait un élan dans le costume, qu'elle l'imprègne. Moisan a toujours voulu jouer le rôle de Bonhomme avec dignité, s'éloignant de la bouffonnerie, du grotesque.

Lors d'une entrevue offerte à Radio-Canada, Noël Moisan révèle être obsédé par son Bonhomme Carnaval. Même en tondant sa pelouse, l'été, il y pensait, stoppant sa besogne pour noter un calambour. Je « calepinais », poétise-t-il.

...

Du moment qu'elle est lâchée dans l'arène, la mascotte est perpétuellement en représentation. Pas de fuite possible dans un costume démesuré, dans une peluche colorée et hors-norme.

La mascotte annihile toute personnalité. Mais les Boules Loto-Québec ont la leur ; seul leur visage peint est à découvert. Tout passe par cette figure alors que le corps est masqué. Étienne Decroux serait bien triste du résultat.

Je préserve ma légèreté. *Il faut être léger comme l'oiseau, et non comme la plume.*

Je suis une plume qui ne sait plus où donner de la tête. Je suis la mascotte la plus bousculable de toutes les fêtes foraines de l'humanité.

...

Je n'écoutais plus les chansons «d'été» depuis mon arrivée à l'école de théâtre en 2003, ou du moins, je le faisais dans l'ombre des autres. Ma cohorte avait une exigence musicale – aimer Jean Leloup et Philippe Katherine était la loi – et il était de mauvais ton de danser sur *Hung Up* de Madonna, et son échantillonnage disco de *Gimme! Gimme! Gimme!* d'ABBA, ou de faire de l'aérobie suggestive sur *Call On Me* du DJ Eric Prydz, qui reprenait l'air et les mots de Steve Winwood et de sa chanson *Valerie*, parue l'année de ma naissance. Tous les clips inspirés de la ferveur de Travolta pour la danse disco semblaient déconseillés. Malheur à moi.

Les chansons à saveur estivale ont ressuscité grâce à tous les festivals que j'ai parcourus au cours des étés 2005 et 2006 avec les Boules Loto-Québec. Des airs qui célèbrent l'*auto-tuned* et le déhanchement. Je faisais du rattrapage, moi qui me tenais loin des radios et de la télévision, le temps de ma formation d'acteur. Comment pouvais-je être aussi déconnecté de ces airs endiablés qui réveillaient en moi mes désirs de grands jetés et de grands battements? Tout ce temps perdu, oui.

Je m'ennuyais donc des chansons barbe à papa, celles sucrées et fondantes.

Un jour, je danse avec un festivalier d'une soixantaine d'années. Il me choisit parmi la dizaine de Boules. Je porte souvent le numéro 7, donc je suis souvent aimé, élu. « Toi, tu portes chance ! » est une phrase récurrente lors de mes *sets* d'animation. Mais cet homme me glisse plutôt à l'oreille : « C'est toi qui bouges le mieux, ma belle. »

Dans nos costumes informes, notre identité de genre est floue. Seuls paraissent nos visages : doux, rasés si poils il y a, peints de blanc et de bleu. Mégenrer une Boule Loto-Québec est monnaie courante, et aucun animateur ne s'en formalise.

Il me fait tournoyer, me prend dans ses bras, me soulève de terre. Au terme de notre danse, il me fait le baisemain et me chuchote : « Je sais que t'as pas le droit de parler, mais merci de me serrer dans tes bras. J'en avais besoin. »

Je flotte toute la soirée, porté par ses mots sincères.

...

Il n'y a pas de genre qui tienne la route : c'est une identité de peluche.

« Une garde-robe de corps », dit Evelyne de la Chenelière dans une entrevue offerte à la journaliste Marie Labrecque, publiée dans *Le Devoir* en février 2020. Elle parle de ce fantasme « où chacun de nous aurait à sa disposition plusieurs corps et plusieurs voix pour rendre concrets ses états émotionnels le plus justement possible. »

Dans mon cas, c'est son contre-fantasme. Mon corps n'est qu'un cintre, qu'une armature pour porter de la peluche.

Mes cours de mime m'ont néanmoins appris que le corps a une personnalité. Mais est-ce que le corps perdu dans une mascotte a la sienne ? Est-ce qu'une sensualité traverse le pelage ?

Dans un rêve effroyable et récurrent de mon enfance, j'assistais à la fabrication étonnante des oiseaux. Ça ressemblait à un clip documentaire où on m'expliquait juste à moi la procédure. Pour obtenir un oiseau, on prend un petit animal : une souris, un hamster, à votre guise. Puis on lui concocte des ailes qu'on colle à son corps. On fait frire le tout pour que la magie opère. On lance la souris ou le hamster. Et voilà, il vole. C'est un oiseau.

On ne naît pas mascotte, on le devient.

Dans ses conférences, la philosophe américaine Judith Butler s'approprie la phrase de Beauvoir pour toutes les identités : hommes, gais, trans… Alors je la reprends.

*On ne naît pas mascotte, on le devient.*

...

Sauf que pour Butler, on n'acquiert jamais une identité complète et stable. Il y a un manque, une incomplétude dans notre manière d'être et de jouer un genre. Or, si on ne naît pas femme, qu'on le devient, que ce devenir n'est jamais achevé, qu'il est un processus aussi fragile qu'infini, et s'il en est de même pour toutes les catégories identitaires (toutes abstraites et restreintes) qui échouent à nous définir, je ne deviendrai jamais totalement ce carcan de joie que je tente d'habiter.

...

Petit à petit, c'est le théâtre qui me façonne en humain grégaire. J'ai un sentiment d'appartenance qui chamboule ma solitude. J'assimile les rituels et je participe aux codes. J'ai maintenant ma carte de membre de cette tribu exigeante et sélective. Je souscris aux critères. Je *performe* le comédien de théâtre.

Dans son livre *Trouble dans le genre*, Butler avance une théorie à laquelle j'adhère : l'identité sexuelle est une construction performative. Notre identité de genre serait donc une construction sociale. Nous performerions notre identité de femme ou d'homme dans un but de reconnaissance sociale. Partant des drag queens qui *jouent* la femme, en filigrane, on comprend bien que les personnes qui sont d'un sexe *naturel*, attribué à la naissance, donc, performent aussi le genre. Mais sans le savoir.

Butler explique que la drag n'imite pas L'Homme ou La Femme, mais la structure imitative du genre lui-même. C'est une copie d'une copie d'une copie… Sans origine, donc.

Notre manière de parler, de bouger, de réagir, voire de rire, tout ça est conditionné par la société, par l'éducation, par la culture. Nous nous conformons, parfois sans heurts, parfois avec acharnement, à l'identité de genre qui correspond, dans la logique traditionnelle et hétérosexiste, au sexe biologique. En mathématique, l'itération désigne l'action de répéter un processus. Ce procédé s'applique aux humains qui répètent constamment leur attitude, au point qu'elle devienne inconsciente et spontanée.

La socialisation a bonifié mon altérité et a tamisé mon égocentrisme, mais a traficoté mon rire. Je ne ris plus comme avant. Mon rire éclate au-dessus de la mêlée. « Simon, je savais que tu étais dans la salle ; j'ai reconnu ton rire. »

Je me suis conformé au modèle « comédien ». Je me suis dompté et construit, découpé des costumes dans le patron de base fourni à l'école de théâtre. Et depuis, chaque année, je renouvelle ma carte de l'UDA.

— Merde ! me dit un jour Catherine Bégin dans le corridor de l'école, avant une de mes prestations de finissant.

— Merci ! que je lui réponds sur un ton guilleret.

— Non, Simon. On reprend. Merde ! Le mot de Cambronne !

— Je le prends ?

— Voilà !

Longtemps, j'ai été étranger à ce jargon de superstitions, et pourtant, d'année en année, je les assimile une à une.

1. Ne pas distribuer de « bonne chance » aux comédiens avant la représentation, plutôt des « merde », car à l'époque où les spectateurs venaient au théâtre en calèche, les chevaux profitaient de cette halte pour faire leur besoin devant le théâtre. Or, plus il y avait de merde, plus il y avait de spectateurs qui applaudissaient dans la salle.

2. Sous peine d'appeler la malchance, ne pas offrir d'œillets aux acteurs au terme de leur représentation, puisque jadis, les directeurs de compagnie renouvelaient les contrats de leurs artistes en offrant des roses seulement. La rose est une fleur plus onéreuse.

3. Ne jamais porter de vert sur scène. Il semblerait qu'au XVI$^e$ siècle, pour obtenir la teinture verte des vêtements, nous devions avoir recourt au vert-de-gris, obtenu par l'oxydation de lamelles de cuivre avec du vinaigre, du citron ou de l'urine. Le problème était que ce pigment s'avérait chimiquement instable, voire corrosif : lorsque le comédien en scène transpirait, il lui arrivait de s'intoxiquer.

En 2005, mes connaissances sont bancales. Je me construis brique par brique, mais ma mixture de mortier ne prend pas. Je déforme tout et m'en tiens à mes fantasmes : à mes yeux, encore aujourd'hui, si le vert porte malchance au théâtre, c'est une question de feux de la rampe. Il y a, dans le pigment vert, un produit invariablement inflammable. Au Moyen Âge, lorsqu'une actrice vêtue de vert s'approchait trop des lampes et des chandelles à l'avant-scène, sa crinoline flambait. Elle se transformait en torche humaine sur scène.

Je traîne encore cette image tragique dans mon imaginaire. Tellement que je voudrais que la couverture de ce livre – celui que vous tenez actuellement dans vos mains – soit vert-de-gris, question d'enflammer le lecteur. Je parle ici de contamination positive, quoique je sourie encore en pensant à Umberto Eco qui, dans

*Le nom de la rose*, son chef-d'œuvre à numéros, empoisonne les pages d'un livre d'Aristote pour tuer son lecteur.

Je n'en suis pas là. Mais que le vert contamine les doigts du lecteur, oui. Et l'idée serait de voir Simon en crinoline modeste. Simon en nuisette, tiens. Simon avec toute une série d'étincelles à l'ourlet de sa jaquette.

Simon qui a raté la performativité de sa masculinité. Mais qui a réussi d'autres choses.

...

Le mot « œillet » viendrait, semble-t-il, de l'*œil* situé au centre de la fleur. Au cœur de cette robe froufroutante, il y a un cœur. Et ce cœur est un œil.

Le plus beau sort qu'on pourrait réserver à ce livre une fois lu serait qu'on utilise ses pages pour faire sécher les pétales dentés d'un œillet, en vue de faire un herbier, un jour.

...

Le mutisme de la mascotte est particulier. La mascotte est remplie de mots, elle abrite le langage, mais est incapable d'y avoir recours. Au fond, la mascotte est aphasique.

Si prendre la parole en public m'a toujours angoissé, et au-devant de tout l'improvisation parlée, la mascotte, résolument muette, m'a toujours éloigné du trac.

Il y a un confort dans cette présence déchargée du vocabulaire. Une présence uniquement dansante et guillerette : une considérable part de moi. À l'école de théâtre, Catherine Bégin nous citait Henri de La Tour d'Auvergne, vicomte de Turenne (1611-1675) se parlant à lui-même, en 1667: «Tu trembles, carcasse, mais tu tremblerais bien davantage si tu savais où je vais te mener!»

Elle avait une telle présence en citant le vicomte invectivant son corps tremblotant de nervosité que les mots et leur musicalité ont imprégné durablement ma mémoire.

Je mène ma carcasse dans des festivals variés. La gibelotte, le country, les montgolfières... Des champs de bataille moins anxiogènes que ceux foulés par Turenne.

Le désagrément le plus notable: la chaleur modifie l'éclat de mon maquillage. La sueur affecte toujours la féerie.

...

Claude Hubert, l'animateur de Youppi!, appelait son costume orange un «sauna portatif». Il se donnait comme pas un. Si sa tête était protégée par un casque et son ventre par des cerceaux, ses jambes ne l'étaient pas. Lorsque Youppi! faisait ses célèbres glissements sur l'abri des joueurs, les jambes de Hubert en payaient le prix. À la fin de la saison de baseball, elles étaient toujours pleines d'ecchymoses. Ça faisait partie des aléas du métier.

Il se souvient avoir entendu des pères dire à leur fils: «Va lui donner des coups de pied! Ça va être drôle!»

Ça va être tordant, vraiment.

Dans notre costume de Boule Loto-Québec, chacun de nous a reçu un coup de poing en plein ventre par un festivalier alcoolisé, qui croyait à tort que nous étions rembourrés. Non : la boule renfonçait et notre estomac encaissait le coup.

Un jour, une collègue enceinte reçoit un coup. Notre régisseur tue la magie en évinçant le fêtard du site. Voie de fait sur une mascotte en détresse.

Gérer le bon grain et l'ivraie à la fois, c'est le lot des amuseurs publics. Noël Moisan a cette honnêteté : « On en voit tellement, vous savez. Y en a trop, un moment donné. Mais il reste qu'il faut se dire que même l'ivrogne qu'on rencontre à 11 heures le soir a autant le droit à la sympathie, à l'affection, à l'amitié de Bonhomme que celui qu'on voit à 9 heures le matin. » Élégant homme.

Mais quand il n'a pas de rembourrure, l'amuseur public a aussi le droit de rompre cette amitié.

...

Je finis par me lasser des musiques pop de festival. Le *Don't Cha* des Pussycat Dolls et le *What You Waiting For?* de Gwen Stefani finissent par m'ennuyer. C'est une overdose de barbe à papa.

Je demande à un ami de me transférer les chansons de Nina Simone sur mon iPod shuffle, un gadget qui vient de paraître sur le marché. Aléatoirement, Simone me chante sa tristesse. Quand je tombe sur *Wild is the Wind*, j'ai l'impression d'avoir gagné quelque chose.

...

Les deux chanteuses américaines qui résonneront éternellement en moi : Nina Simone et Whitney Houston.

Eunice Waymon, d'abord, s'est construite comme personne ; elle devait devenir une des premières concertistes noires, mais elle aboutit dans des bars, où ses patrons l'obligent à chanter. Pour ne pas choquer sa mère, la révérende Mary Kate Waymon, pasteure méthodiste de Tryon, qui lui reprocherait de chanter la musique du diable, elle se déniche un surnom. Nina : pour « *niña* » (jeune fille). Et Simone : peut-être pour Simone Signoret, dont elle aimait tant les films. Nina Simone a surgi comme ça, sans qu'Eunice pense un seul moment qu'elle prendrait tant de place dans sa vie. Jusqu'à l'avaler.

Elle se découvre une voix charnelle, à la fois rauque et sophistiquée. Une voix tantôt gravier, tantôt café crème. Dans leur biographie *Nina Simone, Love me or Leave me*, Mathilde Hirsch et Florence Noiville écrivent : *Comme un muet qui retrouverait la parole et deviendrait excessivement bavard, elle chante comme si elle renouait avec une voix qu'elle avait oubliée.*

Et Whitney, elle ? La diva ne s'est pas construite, mais déconstruite. Dans le documentaire de l'Écossais Kevin Macdonald, *Whitney*, une scène frappe mon imaginaire : la chanteuse toxicomane se regarde dans un miroir avant un spectacle, le regard hagard. Elle cherche l'enfant qu'elle était, met la table pour une confrontation schizophrénique. Elle demande « *Where is Nippy?* ». Nippy : le surnom que son père lui donnait. Et comme réponse : un sourire carnassier, celui du Joker. *I don't know, but Whitney is here!*

...

Nina révèle des choses éclairantes : *Saviez-vous que la voix humaine est le seul instrument pur ? Qu'elle a des notes qu'aucun autre instrument n'a ? C'est comme se trouver entre les touches d'un piano. Les notes sont là, vous pouvez les chanter, mais on ne peut pas les trouver sur aucun autre instrument. C'est comme moi. Je vis entre les choses. Je vis entre deux mondes, le monde noir et le monde blanc. Je suis Nina Simone, la star, je ne suis pas elle, je suis une femme. Mon moi le plus secret se trouve quelque part entre ces mondes.*

Je me dis : *Et toutes les tonalités entre deux couleurs, je veux les remplir.*

...

Les viscères des mascottes existent-ils ?

Quand Nina Simone chantait, on aurait dit que sa poitrine s'ouvrait, comme si une lame la fendait pour révéler ses organes et son cœur palpitant. Elle en était convaincue : les spectateurs avaient accès directement à l'intérieur de son être. Peut-être était-ce vrai, aussi ?

« Je ne suis pas votre clown. Je ne suis pas là juste pour vous divertir », disait Nina à son public, sans se savoir bipolaire. Elle riait d'un rire insensé et vertigineux. En 1960, le magazine *Rogue* la disait éminemment fragile, *glissant sans cesse sur une frontière dangereuse entre frénésie moribonde et une joyeuse extase furtive.*

Une frénésie moribonde, une extase furtive. J'ai toujours cette vive impression que la joie dans laquelle je suis trempé jusqu'aux os peut s'éteindre à tout instant.

J'ai sans doute dépassé depuis belle lurette le quota de *splits* possible à faire dans une vie ?

...

*Vivre, c'est suivre les traces de l'enfant qu'on a été*, écrit Hélène Dorion pour ouvrir son beau roman *Pas même le bruit d'un fleuve.*

J'ai toujours eu mal au ventre. D'abord, oui, au primaire, je vomissais avant les exposés oraux. Petit Poucet du désarroi précédant mes présentations, biche sacrificielle tremblotant jusqu'à l'autel. Le podium était un abattage. Je me battais pour l'ombre et la survie et la sérénité. Mais quand mon nom était nommé : je vomissais, voilà.

J'ai chamboulé la quiétude et ruiné les vadrouilles de bien des concierges.

Quand ma sœur pleurait pour ses crampes menstruelles, je me rappelle m'être dit : *je te comprends, Vicky. Je suis menstrué moi aussi, seulement je n'ai pas le sexe adéquat, alors le sang reflue en moi, tourne comme du lait caillé croupissant dans son fond de carton. Impossible d'égoutter ce sang vicié, d'évider le cœur de mes crampes. Je vais bien finir par m'intoxiquer.*

Alain Bosquet disait que Michel Tournier ne donnait pas dans l'autobiographie, mais l'*autobiologie*. Tournier lui donnait raison : « Je suis un aruspice qui lit son passé, son présent et son avenir en s'ouvrant le ventre, et en examinant ses propres entrailles. »

Un jour, je mets un terme à une conférence dans une bibliothèque lavalloise : mon mal de ventre est insoutenable. Je vomis sans arrêt. Je me traîne à l'hôpital Notre-Dame. Un médecin me scanne le ventre, pour voir tout ce qui y remue. Il décrète : « Vous avez les intestins d'une personne âgée. Votre côlon, c'est du papier bible. Il fendille à rien. Vous avez plein de diverticules. Et quand elles éclatent, cela donne des diverticulites. » J'ai souri ; mes soucis de santé me semblaient furtivement divertissants.

Il n'y a pas de quoi rire. Si je n'avais pas consulté, j'aurais pu mourir d'intoxication. Comme le fera, au début du mois d'avril 2016, Rita Lafontaine, l'éternelle Nana d'*Encore une fois, si vous permettez*, de Tremblay.

D'où me viennent ces bulles de misère ? Des avis contraires : « C'est ce que vous avez mangé enfant et adolescent », dit un médecin ; « C'est une malformation à la naissance », dit l'autre. Pour disculper ma mère qui se sent coupable, je décide que c'est une condition biologique.

On me fait *hara-kiri* et on coupe 20 centimètres de mon côlon : la partie la plus ravagée de diverticules. Avais-je le droit de réclamer la partie de moi retranchée ? Je regrette de n'avoir rien dit, rien demandé. Ça m'appartenait. J'aurais voulu autopsier moi-même mes origines, mes premières douleurs.

Aruspice : celui qui pratique l'art divinatoire de lire dans les entrailles d'un animal sacrifié. Je ne connaissais pas ce mot, avant Tournier. Je ne serais rien sans lui. Toute la grâce puisée dans ses livres ne se dit pas.

...

Certains profs ont abordé le concept d'*état de grâce*. Joëlle m'a dit l'avoir vécu en improvisant pour la LIM, la Ligue d'Improvisation de Montréal.

Mais cet état est-il possible pour la mascotte ?

...

Les Boules me permettent de sillonner tout le Québec. Nous sommes une bande de comédiens professionnels – ou comme moi, presque formé en entier – dépourvus d'orgueil, mais doués pour la joie.

Je deviens un membre actif de l'Union des artistes en honorant tous mes contrats de mascotte pour Loto-Québec. J'accumule l'entièreté de mes crédits en faisant le saltimbanque muet. Étudiant au baccalauréat en littérature ayant défroqué pour se couper de toute parole dans des pelages hors saison, bonjour, c'est moi. C'est ma décision. Je me voyais entamer une maîtrise sur Jean Cocteau, Michel Tournier ou Violette Leduc ; j'aboutis dans le silence plein d'écho d'une mascotte. Je me replis dans des danses guillerettes. Chaque acrobatie est une phrase non lue, chaque défilé, un livre non lu.

Une formation d'acteur dans une école reconnue offre la moitié d'un crédit ; faire la mascotte muette dans des festivals en accorde la totalité. Apprécions ici l'ironie.

Ma personnalité peut rester tranquille ; je roule ma boule de festival en festival.

Je m'ébouillante dans les hôtels. Je n'ai pas la patience de comprendre les mécanismes des douches. Je fais des prières et me brûle le derme sous des jets drus. Ma peau de homard se cautérise dans mes costumes de mascotte heureuse. On n'y voit que du feu.

C'est temporaire, tout ça. Les grands rôles viendront, me dis-je sans y croire totalement.

...

Août 2006. J'interromps mes contrats de Boules Loto-Québec pour faire un stage de théâtre de dix jours, en France. À Rousselonge, en Ardèche. Ma cohorte a jeté son dévolu sur les ateliers offerts par un maître, Stéphane Cheynis, qui nous reçoit dans son dojo que, par accident, sans dimension ironique, j'appelle perpétuellement « donjon ».

Je traverse l'océan Atlantique pour la première fois et j'apporte *Confession d'un masque*, de Mishima, parce que je suis conséquent.

J'ai déjà lu deux de ses romans, je m'attaque maintenant à son premier, publié en 1949, alors qu'il était au cœur de sa vingtaine. Vingt-quatre ans, précisément mon âge, moi qui n'ai rien publié, moi dont l'écriture est informe et banale comme un drap contour usagé. C'est Kawabata qui l'encourageait dans ses projets littéraires – quel élan, tout de même. Dans trois ans, pour ma part, je publierai mon premier roman, récit qui ravira Michel Tremblay et le poussera à inviter son éditeur à me courtiser. Pour l'heure, en 2006, avec mes trois pièces de théâtre imparfaites, peu de gens croient en mon potentiel, et certainement pas moi.

Dans ce récit, donc, Mishima crée un double, Kochan (diminutif du véritable nom de l'écrivain : Kimitake), sensible et chétif, qui réfrène ses pulsions homosexuelles. Ce masque, c'est ce travestissement minutieux de ce « moi » véritable. Kochan pose une question cruciale : peut-on être totalement infidèle à sa véritable nature ?

Mishima lui-même bluffait, simulant parfois la gaieté et l'hétérosexualité. À la création de sa pièce *Tom à la ferme*, en 2011, Michel Marc Bouchard dira en pré-entrevue : « Avant d'apprendre à aimer, les homosexuels apprennent à mentir. »

Ce masque, je l'ai porté en affirmant que l'amitié que j'éprouvais pour Geneviève était de l'amour. Mais cette mascotte d'hétérosexualité était trop grande pour moi : mes bras ne se rendaient pas, mes yeux n'atteignaient pas le sourire ; je ne pouvais serrer ni voir personne. J'étais irrémédiablement seul au fond de cette mascotte impossible à remplir.

...

Enfant, j'aimais regarder la lutte avec mon père. Il devait fièrement me trouver viril d'aimer cette *violence de guerriers*, mais mon amour se trouvait ailleurs : dans la théâtralité et les hommes torses nus.

Mon préféré était le plus musclé. Ultimate Warrior portait des lacets fluo en garrots autour de ses bras pour que pulsent les veines de ses biceps et c'était la chose la plus érotique vue de toute ma vie – jusqu'alors. Son maquillage avalait tout son visage. J'y voyais un arc-en-ciel de pastel.

Ultimate Warrior est la première mascotte à illuminer ma vie. Je ne connaissais évidemment rien de son homophobie.

En avril 2014, il entre à la WWE Hall of Fame. Dans la foulée de son intronisation, il déclare, philosophe : « Personne dans la WWE ne devient une légende par lui-même. Le cœur de chaque homme aura un jour son dernier battement. Ses poumons prendront un jour une dernière respiration. Et si ce que cet homme a fait dans sa vie a fait vibrer d'autres personnes, cela lui fait prendre une dimension encore bien plus grande, rendant immortels son essence et son esprit. »

Le lendemain de ce sage discours, comme si tout ça était arrangé par le gars des vues, Ultimate Warrior décède d'une crise cardiaque.

...

On raconte qu'après la publication de son premier roman, le chétif Mishima veut épaissir sa virilité, sa charpente. Il s'astreint à des exercices physiques et se sculpte un corps d'athlète avec rigueur et acharnement. Il devient un expert en kendo, la version moderne du kenjutsu. Il est question d'escrime, mais au sabre, pratiquée autrefois par les samouraïs.

En 1958, il épouse une femme avec qui il aura deux enfants. Puis un jour, en 1970, après avoir envoyé à son éditeur son plus récent manuscrit, Mishima, le samouraï, s'ouvre les entrailles au sabre par *seppuku*. Il a quarante-cinq ans. Son *hara-kiri*, ce suicide *masculin* par éventration, est orchestré depuis longtemps – à travers ses livres aussi – et fait dire à l'autrice de l'essai *Mishima ou la Vision du vide* (1980), Marguerite Yourcenar, que « la mort de Mishima est une de ses œuvres, et la plus soigneusement préparée de ses œuvres ».

Pour l'occasion, il est habillé soigneusement de son uniforme de kendo. Tout devait se dérouler dignement. Mais semble-t-il que – ô surprise – tout est allé *à vau-l'eau*.

...

À Rousselonge, Cheynis nous fait découvrir le kabuki. Il nous impose des scènes, et un hasard élégant m'offre une scène de Mishima tirée de ses *Cinq nôs modernes*.

Notre maître, flairant une forme de masculinité chez ma partenaire et une inévitable douceur en moi, permute les rôles du *Tambour de Soie* que je joue avec Larissa : elle incarne le vieil homme, Iwakichi, moi la femme riche, Hanako, défiant l'homme de faire résonner un tambour de soie, pour obtenir un baiser d'elle.

Je joue cette femme ratoureuse qui s'amuse de cet amour. Elle dit :

*Je suis forte, parce que j'ai été aimée.*
*Par vous.*
*Regardez-moi. Ce n'est pas mon vrai moi que vous aimez.*

J'ai quotidiennement cette impression : ce n'est pas mon vrai moi que l'on aime.

...

Dans le *Dictionnaire de maximes*, Louis Joseph Mabire écrit : *Ne vous fiez pas aux apparences : le tambour, avec tout le bruit qu'il fait, n'est rempli que de vent.*

Je ne trouve pas cette citation dans un livre, mais bien sur Facebook, inscrite dans une typographie maniérée sur une photo de coucher de soleil, avec deux amoureux en contre-jour qui s'embrassent à l'avant-plan.

Si ça trouve, ce sont des comédiens qui se détestent. L'un d'eux a un feu sauvage et l'autre, une haleine de bouc.

...

Un soir, je viens répéter seul au dojo, sans m'annoncer. Notre maître s'y trouve, dans une pièce contiguë coupée en deux par un clair-obscur digne du Caravage. Son kimono bâille sur un torse compact et musclé. Llorna, la prof de butô venue d'Argentine, celle qui dit que « le butô est le squelette d'un cadavre qui tente de rester debout », s'occupe de déshabiller notre maître compact comme trois pommes bien fermes. Elle dépose ses lèvres sur les côtes saillantes sous la peau tannée par le soleil. Les abdos de Stéphane luisent dans le crépuscule. C'est profondément érotique, et pudique à la fois; le kimono ne glisse pas plus bas que la taille.

Ils sont là, sur un *pied d'intimité*, dirait Mishima.

Le tableau de Guido Reni représentant saint Sébastien, les mains attachées sur le dessus de la tête, à demi nu et percé de trois flèches au torse, envoûtait l'auteur de *Confession d'un masque*. L'écrivain théâtral était allé jusqu'à se faire prendre en photo dans la même posture, qui offre un cocktail de beauté, de douleur, d'extase.

Saint Sébastien, le martyr sexy : symbole homo-érotique de la Renaissance, puis icône homosexuelle contemporaine.

Je me masturbe longuement dans la pénombre du dojo, presque donjon.

...

— Mais, Simon, tu dis tout. Garde-toi une petite gêne, pour l'amour.

— J'ai envie de tout dire. En fait, j'ai besoin de tout dire. J'essaie de mieux me cerner.

J'ai l'air transparent, mais je suis insaisissable comme une pile d'acétates.

...

Après Rousselonge, je visite avec Sophie plusieurs villes qui finissent en « on ». Avignon, Dijon et Lyon. Et on passe aussi par Barcelone, rejoindre son amie Caroline.

À Lyon, je réalise que j'ai lu tous les livres que j'avais apportés. Je vais dans une charmante petite bouquinerie et, pour trois euros, je mets la main sur *Jeunesse*, de Julien Green, de l'Académie française, attention, indique la couverture. Robert Charette, un enseignant bienaimé en lettres du cégep de Saint-Laurent, celui-là même qui m'a fait découvrir Calvino, avait fait son doctorat sur cet écrivain américain de langue française qui a été publié de son vivant dans la Pléiade (dont les pages sont du papier bible comme mes intestins, précisons-le).

Je réentends Charrette s'émouvoir en nommant le titre d'un de ses romans : *Chaque homme dans sa nuit*. Doctorant, il s'était rendu à Paris pour rendre visite à son auteur préféré. Robert s'était placé devant la maison de Green à l'attendre (comme mon ami Luc Mercure l'a fait, à dix-neuf ans, après un pèlerinage l'ayant mené à la maison de l'écrivain Yves Navarre à Petit-Pont, tel que relaté dans son sincère roman *Le goût du Goncourt*). En sortant de chez lui, Green avait hurlé de peur, se sentant espionné. Pour se disculper ou révéler l'étendue de son innocence, mon prof avait simplement dit : « N'ayez pas peur ; je suis québécois ! »

Vingt ans plus tard, l'anecdote me fait toujours sourire.

Dans *Jeunesse*, Green met à nu la jeunesse – la sienne – sans forfanterie ni complaisance. Sa jeunesse : le temps des illusions, des espoirs et des désespoirs. Il raconte sa laideur et se désole : *on ne peut être aimé que si l'on est beau.* Il se convainc à tort qu'il ne sera jamais aimé, fait de l'œil au suicide pour qu'on parle de lui, lit tout Balzac, grandit, rencontre des écrivains, d'ailleurs Radiguet au visage bouffi (qui va mourir quelques semaines plus tard) et Cocteau aux mains d'oiseau... Et des années de bonheur l'attendent.

Malgré tout, il célèbre sa gaieté : *Les pensées tragiques que je roulais à mes heures dans ma tête n'affectaient en rien une disposition naturelle à rire de tout.* Dans la marge, je vois mes initiales en bleu.

Mais surtout, il affirme qu'en écrivant, il justifie sa vie. Ce sera tout, merci.

...

*Les grands rôles viendront, me dis-je sans y croire totalement.* Eh bien non.

Ma quatrième et dernière année à l'école de théâtre me fait déchanter. Dans notre première production, *Turbulences et petits détails*, de Denise Bonal, le metteur en scène Clément Cazelais m'offre le rôle d'un enfant qui ne dit pas plus de dix répliques. Je suis juché dans un arbre. Pour m'amadouer, Cazelais m'annonce fièrement : « Tu y seras durant toute la pièce ! Et tu pourras y faire des pitreries, des acrobaties ! » Malheureusement, quand l'arbre est construit, je constate qu'une seule branche a été confectionnée en pensant amortir le poids d'un humain. Résultat : je demeure statique sur une branche.

Je pense au *Baron perché*, de Calvino, ou au *Gourou sur la branche*, de Kiran Desai. Je pense au travail comparatif que j'ai fait entre les deux œuvres dans mon cours sur la littérature indienne contemporaine à l'UQAM en 2002. Je suis loin de la vivacité de Côme Laverse du Rondeau, loin du magnétisme et de la sensualité de Sampath Chawla.

Je suis simplement le malhabile Boulerice, juché dans un faux arbre.

Il y a pire : Clément m'avait vendu la poésie d'un arbre rempli de plumes de paon. Mais une tempête de neige empêchera le train de livrer les plumes, et je me retrouverai dans un arbre rempli de graminées, à la place.

— Tu n'es pas allergique, j'espère ?

— Oui, malheureusement.

Une demi-heure après chacun des débuts des quatre représentations, je me mets à éternuer sans discontinuer. Les antihistaminiques ne font pas effet.

Restent heureusement quelques perles séduisantes issues du texte joué, dont je suis aux premières loges. Dont celle-ci :

— *Vous êtes très active pour votre âge.*

— *Vous ne connaissez pas mon âge...*

— *Non, mais je trouve que vous ne faites pas l'âge que je devrais vous donner.*

...

Au même moment, et grâce à mes contrats UDA liés aux Boules qui m'ont rendu membre réglementaire, je suis invité pour faire de la figuration dans le téléroman *Virginie*. Lors d'un vendredi de congé, je quitte Sainte-Thérèse pour Montréal : direction le sous-sol de Radio-Canada.

Formé en mascotte, je suis doué pour le mutisme. Quand on dit «silence sur le plateau», je suis le moins vocal des environs. Alors on me réinvite. Bientôt, chaque vendredi, j'y retourne.

Je me dis que c'est temporaire: j'y serai en attendant les rôles parlants qui viendront sans doute.

Mais non, ils ne viendront pas tout à fait. Alors, de 2006 à 2010, je serai un figurant régulier. J'ai la vingtaine bien sonnée et j'incarne – silencieusement – un élève de l'école secondaire Sainte-Jeanne-d'Arc. Je me fonds dans un troupeau de véritables adolescents heureux de manquer un jour d'école. Je suis perpétuellement hors champ. C'est ce que je mérite, à ce moment. Je suis confortable dans le silence.

Faisons miroiter le vitrail de mes vingt-quatre ans. Derrière cette vitre colorée: c'est moi. Je n'ai aucune réplique. Je lis des tonnes de romans dans les corridors fabriqués d'une école inventée.

Et je me fantasme une autre vie.

...

C'est dans mes pauses de figuration que je commencerai à écrire mon premier roman: *Les Jérémiades*. Il paraîtra alors que j'aurai vingt-sept ans, dix de plus que les primo-romanciers Sagan et Radiguet.

Il n'y aura aucun scandale.

...

Les autres spectacles de l'école ne me révèlent pas non plus, ni aux autres ni à moi. *Le Cas rare de Carat*, de Louise Bombardier, mis en scène avec féerie et pétillement par Louis-Dominique Lavigne, puis *Le grand théâtre du monde*, de Jean-Pierre Ronfard, mis en scène par sa fille, Alice.

Entre-temps, nous préparons nos CV et une photographe s'occupe de nous magnifier et de nous rendre employable. Par humour, dans mon curriculum, pour marquer les esprits, à Langues parlées, plutôt que d'écrire *Français, anglais avec accent*, j'écris *Français, anglais ridicule*. Je ne recevrai aucune offre en lien avec mon anti-talent.

Une directrice de *casting* vient nous rencontrer dans le cours *Gestion de carrière*. Elle nous parle de son métier et de ce qui nous attend – ou ce qui ne nous attend pas, pour ma part. À la fin de la rencontre, elle nous invite à valider nos choix de photos de casting. On lui tend celle qu'on a choisie, et elle accepte ou refuse. Je ne comprends pas à quoi rime cette mascarade, mais je me mets docilement en file. Quand mon tour vient, elle décline : « Non, ça ne marche pas. »

— Pourquoi ?

— Tu souris trop.

Mais de quoi se mêle-t-elle ? Elle ne nous connaît même pas. Je décide de ne pas l'écouter et de sélectionner la photo qui me représente tout sourire. Peu de temps après, tous les garçons de ma classe sont invités en audition pour *Les hauts et les bas de Sophie Paquin*, sauf moi. Ma candeur me pousse à appeler la directrice de *casting* de ce projet, la même qui vient de nous rendre visite.

— Pourquoi je n'ai pas été invité, moi ? que je pleurniche, sans dignité ni maturité.

— C'est pour le rôle d'un jeune comptable ! T'as pas vu ta photo de casting ? T'as l'air d'un clown !

La directrice aura raison : mon choix de photo limitera les appels. Mais si j'avais été neutre, aurais-je vraiment été davantage appelé ?

...

Je dois attendre mes scènes d'audition du Quat'Sous pour que Simon-Cendrillon trouve chaussure à son pied.

Je jette mon dévolu sur une pièce jeunesse de Philippe Dorin dans laquelle je parviendrai à briller. Cette scène concorde avec l'arrivée du théâtre jeunesse dans ma vie.

J'encapsule une jeunesse effervescente ; à tout moment, ma juvénilité fendille mes apparats d'adulte, comme une chrysalide temporaire. J'auditionne pour jouer un enfant dans une pièce de Sébastien Harrison. Tous les comédiens de moins de 5 pieds 8 dans les écoles de théâtre sont invités cette année-là. Ça s'intitule *Stanislas Walter Legrand*, et c'est une production de L'Arrière Scène.

J'arrive à l'audition nerveux, mais préparé. Je me sens bancal et mon ventre émet de curieux borborygmes ; je suis un escalier en colimaçon aux marches grinçantes.

*Mon cœur est un poussin dans une fourrure de lapin.*

Stress inutile : entre Serge Marois, le metteur en scène, et moi, ça clique dès la première seconde. Sa grosse voix au téléphone m'effrayait, mais au moment où je le vois, je comprends que j'ai affaire à un être doux, bienveillant et ronchonneur. Je l'aime instantanément.

Quand il m'appelle pour me dire que j'ai décroché le rôle, je ne suis pas étonné. *C'était pour moi*, que je me disais. Je n'ai pas terminé ma formation que j'entame déjà les répétitions. J'ai l'impression de tirer vengeance de ma classe si talentueuse. Oui, Simon est le premier à s'être dégoté un rôle.

Dans un corridor de l'école, Catherine Bégin me félicite : « Le théâtre jeunesse, c'est une école splendide ! Bravo ! Quelle rampe de lancement ! »

Elle avait raison : je ne suis jamais retombé sur terre.

Serge me prend sous son aile. Je m'y sens à ma place. Il me présentera éventuellement Philippe Dorin, dramaturge-*star* dont j'ai joué les mots à ma sortie d'école. Une complicité naîtra entre nous. Il me partagera le document Word de son prochain texte : *Abeilles, habillez-vous de moi.*

C'est fait : j'appartiens à ce monde. Une tournée de trois ans m'attend. Mais ce n'est que le début. J'écrirai ensuite des pièces pour enfants que je mettrai en scène sous l'égide de L'Arrière Scène. Je deviendrai même l'adjoint de Serge, puis le codirecteur de sa compagnie de théâtre.

Pendant plus de dix ans, je ferai du théâtre jeunesse à temps plein. Jusqu'à ce que la télévision me fasse de l'œil en tant que chroniqueur.

...

En mai 2016, via Émile Lansman, mon éditeur belge, je suis invité au Festival international de théâtre de Sibiu, en Roumanie, à participer à des tables rondes sur le théâtre jeunesse. Pour l'occasion, Émile articule une pensée qui me séduit : on ne grandit pas *habité de son enfance*, mais plutôt *chargé de ses enfances*. Des enfances plurielles : celle que nous avons vécue, celle que nous croyions avoir vécue, celle que nous fantasmons et celle que les gens devinent de nous.

Une enfance évolue toute une vie.

...

Décembre 2019. Dans les coulisses d'un studio de TVA, je lis encore Maggie Nelson. Je suis entre deux enregistrements du *Tricheur*, un *quiz* qui me pousse dans mes derniers retranchements d'euphorie. Je partage à la volée le bout d'une phrase glanée dans l'essai de Nelson : *ces albums photos de l'enfance où chaque image remplace le souvenir qu'elle prétend préserver.* Une comédienne, ado-*star* d'une des émissions préférées de mon enfance – elle y jouait Maggie Malo avec un aplomb inoubliable –, me confirme en relayant les études qu'elle connaît : « Il paraît que nous ne nous rappelons que de la dernière fois que nous avons parlé d'un souvenir. Notre relecture d'un événement efface l'événement. De fois en fois, le souvenir raconté évolue et se résume à notre dernière formulation. »

Je fais oui de la tête. L'original est ruiné. Ne reste que la copie carbone de la copie carbone. L'acte de remémoration, c'est tendre un duplicata à l'interlocuteur. Est-ce aussi le duper ?

Allez savoir si je dis vrai.

L'essayiste américaine Susan Sontag percevait les photographies comme des pièces à conviction : *ce dont nous entendons parler mais dont nous doutons nous paraît certain une fois qu'on nous en a montré une photographie.*

Ai-je été triste ? Dans mes albums passés au peigne fin, je cherche où ma mélancolie a irradié.

Je ne trouve que des sourires triomphants.

...

Je complimente un comédien – autre concurrent du *quiz* en cours – à propos de son chandail. Il est neuf, qu'il me dit. « Je ne mets jamais le même vêtement plus de trois fois à la télé. J'ai acheté deux chandails hier. »

Je ne comprends pas cette obsession de la nouveauté, ce besoin de revamper sa garde-robe. Je ne porte que du seconde main. Ma garde-robe a été vue mille et une fois. Et je la reporterai demain.

Nous tournons les cinq émissions de la semaine en un seul jour. Nous dupons les téléspectateurs en changeant de chandail pour leur faire croire que nous sommes une autre journée.

Alors qu'on me réinstalle mon micro-casque, je vérifie la définition de « duplicata » sur mon iPhone. J'y lis : *second exemplaire d'une pièce ou d'un acte ayant même validité.* Les papiers carbone de mes souvenirs sont valides. Je suis rassuré.

Lors d'une pause publicitaire, je m'essaie : « Marilyse, ressemblais-tu un peu à ta Maggie Malo ? Étais-tu, comme elle, flamboyante et assumée ? » La comédienne sourit, empathique à l'endroit de l'adolescente qu'elle a été : « Oh, non ! J'avais tellement pas son assurance, encore moins son front de bœuf. J'étais une jeune fille réservée, aucunement sexuée. Le rôle était si loin de moi. »

Le rôle était si loin d'elle ? Elle m'a berné avec brio, comme Anne Dorval dans *Chambres en ville*, que je croyais délicieusement mesquine.

Je jalouse les acteurs de *Watatatow*. Pourquoi n'ai-je pas fait partie de cette confrérie ? Pourquoi ne suis-je pas devenu un enfant-acteur ? Je veux être un autre que moi, revivre cette adolescence de misère, la réinventer pour être magnifié en crapule de polyvalente, afin que Pierre-Bédard, mon école secondaire, soit ébahie par mes possibilités.

...

Cette nuit, il neige dans la pénombre. Les flocons – halos ténus – se prennent pour une guirlande de lumières dans le noir. Les nuages sont invisibles, insondables. Le rideau est chaud ; il boit toute la chaleur du calorifère, réglé à 21. Avant, mon père utilisait souvent le mot « caille ». Je m'ennuie de ce terme canaille qui pépie, exactement comme une plinthe chauffante qu'on active pour la première fois de l'année scolaire fin octobre. Là, nous sommes en février. Je dors au sous-sol dans la chambre d'invité de mon ex à Sherbrooke. Demain à l'aurore, je donne une conférence devant l'entièreté d'une école secondaire à deux pas d'ici.

Le rideau est trop chaud, son ourlet doit flirter avec *le caille*. Tout prendra certainement en feu. J'espère pouvoir sauver mon *laptop* – pourquoi toujours penser à mon matériel avant ma peau ? Je ne fais jamais confiance aux nuages ; leur imprévisibilité m'effraie. Le iCloud aussi. Ai-je vraiment tout sauvegardé quelque part dans les limbes d'Internet ? Ai-je fait les *back-up* nécessaires de mon recueil de poésie, mes deux romans et mes trois pièces en chantier ?

Ma technologie réussit toujours à être défectueuse. J'inspire des dérèglements comme pas un.

Mais le feu ne consume finalement rien. J'arrive intact – pareil à mon *laptop* – à l'auditorium. Mille élèves m'attendent dans un chahut adolescent et ça ne m'effraie presque pas : comment ai-je fait pour passer de l'anxiété la plus totale à une relative sérénité ?

Les mots fournis par un prof de théâtre bienveillant : « Le public n'est pas contre toi, Simon, il est avec toi. Personne ne veut que tu te plantes. Tout le monde te veut du bien. » C'est faux, bien sûr, mais tenter d'y croire, c'est alléger chacune de mes prises de parole. Je choisis la légèreté et mise tout sur ma spontanéité. Ceux qui m'aiment prendront le train ; les autres feront leur poupée vaudou à partir de mes postillons et des cheveux que je perds.

Après la conférence, une enseignante vient me voir. Elle m'annonce avoir fait sa vie avec Pierre-Luc Veilleux. « Il était ton voisin sur la rue Poupart. »

Ah oui, c'est vrai : Pierre-Luc Veilleux n'est jamais mort.

...

Je mitraille la prof de questions. J'apprends que Pierre-Luc a eu trente ans en décembre, qu'il est devenu un agent d'immeubles en Estrie et qu'elle et lui ont deux enfants : Moira et Fabien.

— Il a pensé devenir agent d'artistes, un temps.

— Ah oui ? Pour vrai ?

— Oui, tout ça à cause d'un voisin qui passait son temps à lui faire du théâtre, quand il le gardait, enfant, me dit-elle avec humour.

— Seigneur, il se rappelle de ça ?

— Certain ! Tu l'as marqué ! Chaque fois qu'il te voit à la télé, il hausse le volume et réclame le silence dans la maison. Il t'a toujours trouvé très drôle.

Je fais oui de la tête, comme une évidence, alors qu'il n'y a rien de naturel dans cette phrase.

— Est-ce qu'il ressemble à John Travolta ?

— Hein ? Non, pourquoi ?

— C'est que son père avait des airs de Travolta...

— Claude Veilleux ! ? Des airs de Travolta ! ? éclate-t-elle de rire. Ben non !

— Mais... il avait une fossette au menton, non ?

— J'ai un grain de beauté près des lèvres et je ressemble pas à Marilyn Monroe !

...

Je rentre à Montréal. Dans une bouquinerie de la rue Mont-Royal, je retrouve enfin *Lettres*, de Bernard-Marie Koltès, publié aux Éditions de Minuit. La somme des lettres écrites dans sa vie. Des observations lumineuses – *Je reste persuadé que la vie est ce qu'on en fait, et qu'il n'est pas d'âge qui soit particulièrement malheureux — si ce n'est celui où l'on abandonne la partie — et on peut l'abandonner à tout âge. Je trouverai la vie laide le jour où je me mettrai assis et ne voudrai plus me relever.* – qui côtoient des banalités – *Ma petite maman, Leningrad est toujours aussi belle. Je me promène beaucoup ; il ne fait pas trop froid.*

La dernière fois que j'ai vu ce livre en librairie, je manquais d'argent pour me le procurer. Pas cette fois. Je lis les 500 pages au papier fin comme mes intestins le soir avant de me coucher, comme si je prenais des nouvelles d'un proche.

Le 22 juin 1983, Koltès écrit à sa mère : *Ne t'inquiète pas de la tristesse qu'à juste titre tu as trouvée chez moi : c'est le prix que je paie lorsque j'écris, obligé que l'on est de remuer des choses qui, le reste de la vie, restent soigneusement enfouies. J'ai le sentiment de laisser dans chaque pièce (de théâtre), dix ans d'âge et les espérances de dix vies... Peut-être est-ce pour cela que j'en écris si peu.*

Moi, j'écris dans une forme de joie.

En avril de l'année suivante, il achève un scénario de film. Rien de moins que le tome 3 de *Saturday Night Fever*, qu'il baptisera *Nickel Stuff*. Il espère que John Travolta et Robert de Niro joueront ses mots.

Il ajoute : *Je m'amuse bien à ça, c'est moins fatigant que le théâtre.*

...

On raconte que Richard Gere a beaucoup profité de l'incapacité de John Travolta à reconnaître les projets cinématographiques prometteurs. Gere a remplacé la *star* de *Grease* et de *Saturday Night Fever* dans *Les Moissons du ciel*, de Terrence Malick, en 1978, puis deux ans plus tard dans *American Gigolo*, et finalement dans *Officier et Gentleman*, en 1982. Les erreurs de jugement de Travolta ont propulsé la carrière de Richard Gere.

Trois ans après avoir reçu le premier rôle officiel de ma carrière, celui de Stanislas dans la pièce de Sébastien Harisson, j'apprends que j'étais le second choix. Sébastien René s'est désisté, a décliné le rôle qui lui était offert pour un conflit d'horaire. Grâce à ce refus, j'ai passé une audition et j'ai commencé à faire du théâtre jeunesse. N'eût été cette défection, le théâtre jeunesse ne se serait peut-être jamais présenté à moi.

Jouer les seconds violons me convient. Du moment que je prends part à l'orchestre.

N'eût été les défections de John Travolta, est-ce que Richard Gere aurait abouti à incarner mes fantasmes de Cendrillon dans *Pretty Woman*? J'en doute.

...

J'ai toujours trouvé que le plus beau rire cinématographique appartenait à Julia Roberts. Peut-être les proportions généreuses de sa bouche ajoutent-elles à la sincérité? Le rire de Julia avale tout. Le rire de Julia nous tire dans la joie.

Dans une scène de *Pretty Woman*, Richard Gere, alias Edward Lewis, richissime homme d'affaires vivant à l'hôtel, offre un collier à Vivian, jeune prostituée de Beverly Hills. C'est pour une soirée chic à l'opéra, où ils assisteront à *La Traviata*, de Verdi (apprécions ici le jeu de miroir, où Vivian s'émeut d'une courtisane amoureuse). À ce moment, Julia porte une splendide robe rouge. Sa chevelure est relevée élégamment, sa nuque est dégagée, réclamant un bijou. Edward lui tend une boîte qu'il ouvre sur un collier de 500 000 $. Vivian approche timidement les doigts, comme si le bijou était trop bien pour elle. Et comme elle vient pour toucher une perle, l'homme d'affaires referme l'écrin sur sa main, faisant exploser Julia d'un beau rire spontané.

Cette finale n'était pas prévue au scénario. Il s'agissait d'une taquinerie de Richard Gere. Mais le rire lumineux de Julia ne se coupait pas ; Garry Marshall l'a conservé au montage. Cette courte scène improvisée est une bulle de champagne qui éclate.

J'ai appris dernièrement que Julia Roberts n'était pas pressentie pour le rôle. Avant elle, Michelle Pfeiffer, Darryl Hannah et Valeria Golino l'ont décliné. Le rire qui a éclairé mon enfance tient à cette Sainte Trinité de refus.

En 1990, le film paraît en VHS. Mes parents en achètent vingt-six copies pour leur club vidéo. L'îlot est rempli de Julia, son bustier rose et ses bottes noires attrapent tous les regards. En 1990, j'en suis convaincu : le plus grand film de tous les temps vient de paraître.

Il était temps.

...

Devant mon miroir, je me tends un livre à la couverture rigide. Il me semble que c'est un des livres reliés, couverture rigide, qui rassemble des histoires du *Sélection* du *Reader's Digest* qui nourrissent une partie de ma bibliothèque encastrée dans la tête de mon lit. Le format évoque une boîte à bijoux. J'ouvre la couverture. J'imagine des perles. J'avance la main. Je me pince les doigts en rabattant la couverture, et j'éclate d'un rire crédible et beau.

Mon rire sonne juste. Même feint. J'ai huit ans et c'est la première fois que je décèle une forme de talent chez moi.

...

*Est-ce que ça été difficile de trouver le bon rire ?*

« La deuxième fois que j'ai rencontré Todd (Philipps, le réalisateur), je lui ai demandé d'écouter et d'analyser mon rire. Il est venu chez moi et s'est assis dans le canapé. Ça m'a pris plusieurs minutes pour trouver ce rire. Je ne voulais pas forcer, il fallait que ça ait l'air naturel dès la première minute. À un moment donné, Todd a commencé à être vraiment mal à l'aise. C'était bizarre. C'était important pour moi de pouvoir faire ça. Et pour être honnête, c'était plus difficile que j'avais cru. J'ai essayé de nouveau et j'ai eu du mal. J'ai senti qu'il y avait du potentiel et ça m'a pris encore quelques semaines de tournage pour y arriver. »

C'est la réponse fournie par Joaquin Phoenix au journal *Métro* lors de la sortie du *Joker*, en octobre 2019. Le rire de l'acteur fait mal, en effet. Il met inconfortable.

En 2015, je publie un roman intitulé *Le Premier qui rira*, qui passe au scalpel le rire d'une femme, Alice, adepte du yoga par le rire. J'ai eu l'idée de cette histoire lorsque j'ai mis les pieds dans un Club de rire, au Studio Bizz, en face du métro Mont-Royal. Pendant une heure, les participants étaient appelés à s'esclaffer, d'abord pour de faux, puis ensuite forcément pour de vrai.

...

Je suis au salon quand l'image me bouscule : mon divan, beau, coloré et dodu, est lui aussi une mascotte. Il recèle un lit déglingué et défoncé que je ne libère qu'une fois par année, quand un ami reste à coucher.

...

Je deviendrai un adulte farfelu qui utilise ses vieux casques de cycliste du dimanche pour égoutter ses raisins ou comme bol à clémentines. Ça créerait de l'étonnement, au milieu de la table à manger.

Ça se poursuit : je ne jette jamais mes bananes périmées. Je les engouffre dans le congélateur pour un gâteau que je ne ferai jamais. Sinon, je blottis ma banane brune contre un bouquet de bananes vertes pour les inciter à mûrir, par anxiété de performance.

Je me lave les dents et remarque que sur le manche de ma brosse offerte après un détartrage à la clinique dentaire, c'est écrit « Maison dentaire ». Le sentiment de créer un chez-soi dépasse tout.

*Et l'écriture de soi, Simon ? Ça va, le prosaïsme ?*

Il y a ce travail de l'intime, qui me cerne et que je cerne. J'écris présentement dans ma salle à manger, sur un coin de table, en me faisant réchauffer des raviolis du Chef Boyardee au micro-ondes, un mastodonte légué par ma mère que j'ai traîné de logement en logement, au fil de mes relocalisations.

En 1975, dans l'heureuse percée des femmes dans le domaine de la performance – décennie qui a notamment révélé Marina Abramović et Cindy Sherman –, l'artiste américaine Martha Rosler crée une vidéo intitulée *Semiotics of the Kitchen*. Pendant ces six minutes de parodie d'émissions de cuisine à la Julia Child, nous la voyons présenter ses outils pour préparer les repas. Le tout sous un mode d'abécédaire : elle enfile son tablier en disant « Apron », puis elle présente un bol à la caméra en disant « Bowl », et ainsi de suite. Sa neutralité n'est pas totale : dans les pantomimes qu'elle articule à partir de l'objet culinaire transparaît une agressivité revendicatrice, un ras-le-*bowl* éloquent.

La frustration de Rosler évoque l'ampleur de l'oppression subie par la cuisinière de famille, la violence de cette servitude. Pour un peu, on penserait à Denise Filiatrault qui garroche des assiettes pleines de nourriture dans la soupe du cuisinier, avant d'y jeter aussi son tablier. Ça se passe un an plus tôt, en 1974, dans *Il était une fois dans l'Est*, le premier long-métrage du tandem Michel Tremblay/André Brassard. Filiatrault joue Hélène, une serveuse au bout du rouleau. Elle remet sa démission dans une rage éclatante qui sera une référence éternelle pour moi.

...

Dans le court-métrage *Françoise Durocher, waitress*, première collaboration cinématographique Tremblay-Brassard datant de 1972, Denise Proulx dit à la nouvelle serveuse :

« Pis faut pas que t'oublies aussi que le sourire est de rigueur. Comme c'est écrit sur ta badge. C'fait que, que t'aies envie de sourire ou non, t'es obligée d'avoir la bouche fendue jusqu'aux oreilles pis d'être fine avec le monde tout le temps que t'es su'l plancher. Le client a toujours raison. Même quand t'as envie de l'tuer. Plus y crie après toi, plus y faut que tu sois compréhensive. »

...

Dans sa *Sémiologie de la cuisine*, Rosler revendique une identité sociale et politique. Elle explore la question de l'intériorité comme un espace genré, en opposition à l'extériorité, réservée – à tort – aux hommes.

Pour ma part, je ne mériterais qu'une *Sémiologie du micro-ondes*. Ma vie alimentaire se résume à appuyer sur le bouton «Pop-corn» pour faire réchauffer un pilon de poulet, une soupe minestrone ou des pâtes du Chef Boyardee.

J'ai peur des fours. Ça remonte avant ma découverte de la tête de Sylvia Plath déposée en offrande sur une plaque de la cuisinière, après avoir cuisiné des biscuits pour ses enfants qui dormaient à l'étage. Un jour, je rentre de l'école – je dois être en 3e secondaire – et je lis une note sur le comptoir. Ma mère m'a écrit:

*Simon, mets le poulet au four à 350, STP.*
*Maman XXX*

Ce genre de manipulations m'est anxiogène. Simon, *enfant en pieds de bas dans un jeu de quilles pour grandes personnes*, ouvre le frigo. J'y trouve une tôle avec une moitié de poulet, et l'autre moitié dans un plat Tupperware. J'hésite un moment. Le plat de plastique bleu m'est davantage familier, alors je le saisis par instinct. Je l'installe dans le ventre du four. Bravo, Simon. Tu vois que ce n'était pas si compliqué que ça. Ton instinct est bon.

Quarante-cinq minutes plus tard, mon père rentre du travail et est saisi par l'odeur du plastique qui empeste la cuisine. Du plastique qui fond dans le four, qui s'incruste dans les éléments, alors que le poulet cuit dans des émanations toxiques.

La tapisserie de la salle à manger a pris des mois à se délester de l'odeur de plastique brûlé.

...

Janvier 2020. Au terme de ma conférence, je quitte une classe de cinquième année en gérant sans aisance une immense carte de remerciements – un épais carton jaune citron de 22 pouces par 28 pouces – où tous les élèves ont gribouillé des cœurs et des signatures en pleine construction. Au centre des dessins, des lettres majuscules façonnées avec de la colle et des brillants :

**MERCI SIMON, AUTEUR ÉTINCELANT !**

Je passe un doigt sur le compliment comme si je lisais le braille. La poudre scintillante me colmate les empreintes digitales.

J'ai les yeux humides parce que je ne vois que l'imposture. Les seules étincelles que je suis capable d'émettre, c'est quand, trop distrait, je place un plat en aluminium au centre du plateau tournant de mon four à micro-ondes.

...

Toujours en janvier, je suis porte-parole de la Fête de la lecture et du livre jeunesse. Je donne une conférence pour lancer les événements. Dans la bibliothèque Raymond-Lévesque de Longueuil, une séance de photos suit la conférence. Je suis blotti contre Jelitou, qui ressemble à une grenouille lectrice avec des balles de tennis au bout de ses antennes. Je termine la séance assis sur les cuisses de la mascotte. Ma ferveur est un calque des enfants recueillis sur les genoux d'un père Noël. Je me surprends à aimer ce contact. La fourrure synthétique est douce, confortable, chaude. J'ai le même abandon que devant ma télé, évaché dans mon divan.

C'est la première photo où je suis blotti contre une mascotte, et tout ce qu'on voit, c'est mon empathie. Je caresse sa patte poilue comme si c'était un animal qui voulait être rassuré. Ou est-ce moi qui veux être rassuré ?

Tout ira bien, Jelitou ?

*Oui, tout ira bien, Simon.*

...

Quand la photo paraît dans les médias, je ne me reconnais pas. Je vois un adulte-enfant tout sourire, lové dans de la fourrure verte. Je vois sincèrement un auteur étincelant. Je suis une assiette en aluminium tournant dans le sens de la joie, au centre d'un four à micro-ondes.

Dans *L'écriture comme un couteau*, Annie Ernaux dit qu'elle pourrait rester des heures devant une photo, comme devant une énigme. Moi, je dis que je suis mon propre Sphinx.

...

Dans l'univers photographique, une de mes images préférées est *Le baiser de la vie*, croquée sur le vif par Rocco Morabito. Elle a d'ailleurs valu au photographe le Pulitzer en 1968. Sur le cliché, on voit ce qui ressemble à un baiser romantique entre deux électriciens, l'un renversé, maintenu à un poteau électrique, rempli d'abandon, l'autre juché amoureusement à la bouche de son collègue. S'en dégage la même cocasserie érotique que le baiser renversé entre Peter Parker (Tobey Maguire) et Mary Jane Watson (Kirsten Dunst) dans le *Spider-Man* de Sam Raimi en 2002.

La réalité est moins romantique. Il s'agirait en fait d'un bouche-à-bouche que l'électricien J. D. Thompson effectue à son collègue, Randall G. Champion. Ce dernier est retenu par son harnais de sécurité et repose inconscient après avoir été électrocuté par un câble. Ce que j'interprète comme un courageux et fougueux baiser homosexuel entre deux monteurs de ligne est une réanimation réussie.

Grâce au baiser de Thompson, Champion a prolongé sa vie de trente-cinq ans.

…

Nietzsche aurait certainement aimé cette photo : *C'est entre ce qui est le plus semblable que l'apparence fait les plus beaux mensonges*, écrit-il dans *Ainsi parlait Zarathoustra*, lu au cégep.

Me revient aussi une réplique dans *Oreste*, d'Euripide : *L'apparence n'est rien, c'est au fond du cœur qu'est la plaie.*

…

Mais je fais quoi avec ce livre, sinon sonder la profondeur de ma légèreté ? J'évalue l'amplitude de ma théâtralité, je mets en exergue ma capacité infinie à berner. À simuler.

Ce livre est une célébration de la joie feinte.

Feinte, vraiment ? Je me revois, en Boule Loto-Québec, dans un festival western à Saint-Tite, juché sur un taureau mécanique, avec ma ferveur à ne pas lâcher les brides. Je ris le plus fort et ça me sort d'un lieu sincère, où il n'y a aucune plaie.

…

Lors d'une entrevue, Noël Moisan dit qu'il a compris la force du sourire en interprétant Bonhomme Carnaval.

« Pourquoi est-ce que je souris à l'intérieur ? On ne me voit pas ! Je ne me souviens pas d'avoir fait un engagement sans sourire. Et je pense que tout le rôle s'en serait ressenti. Parce qu'en arrivant dans le public, même accablé, abattu, fatigué, exténué, je me sentais un peu des ailes. Je m'apercevais que je souriais parce que les gens m'aidaient à remplir le rôle. »

**FIN**

1816

## Remerciements

L'auteur tient à remercier sa sensible et brillante éditrice, Danielle Laurin, de même que Philippe Lapointe, Maxime Tardif et Kevin Lambert pour leur regard affûté.